아버지가 딸에게 들려준 이야기들

박영신 쓰고 정유진 그림

정신세계사

아버지가 딸에게 들려준 이야기들

박영신 짓고, 정유진 그린 것을 정신세계사 정주득이 2013년 9월 13일 처음 펴내다. 이균형과 김우종이 다듬고, 김윤선이 꾸미고, 경운출력에서 출력을, 한서지업사에서 종이를, 영신사에서 인쇄와 제본을, 김영수가 기획과 홍보를, 하지혜가 책의 관리를 맡다. 정신세계사의 등록일자는 1978년 4월 25일(제1-100호), 주소는 03785 서울시 서대문구 연희로2길 76 한빛빌딩 A동 2층, 전화는 02-733-3134, 팩스는 02-733-3144, 홈페이지는 www.mindbook.co.kr, 인터넷 카페는 cafe.naver.com/mindbooky이다.

2020년 4월 7일 펴낸 책(초판 제8쇄)

ISBN 978-89-357-0372-2 03810

이 도서의 국립중앙도서관 출판시도서목록(CIP)은
서지정보유통지원시스템 홈페이지(http://seoji.nl.go.kr)와
국가자료공동목록시스템(http://www.nl.go.kr/kolisnet)에서 이용하실 수 있습니다.
(CIP제어번호 : CIP2013015752)

일러두기 저자의 요청에 의해 저자 약력을 싣지 않았으니 양해 바랍니다.

그리운 아버지께

책을 내며

새벽 꿈속에 '아버지가 딸에게 들려준 이야기들'이라는 소리울림을 들었다.
깜짝 놀라 후다닥 일어나니, 밖은 아직 칠흑처럼 깜깜했다.
갑자기 등에서 식은땀이 주르륵 흘렀다.
'아~ 아버지께서 내가 써야 할 책 제목을 알려 주셨구나…'

그래, 아버지께서 나에게 들려주신 이야기들을 가감 없이 쓰는 거야.
제목도 그러하고 내용도 그러해야 돼.
더 멋진 문체로, 더 멋진 이야기로 만들려는 가식을 덧붙이지 말고
그냥 있는 그대로를 쓰는 거야.

내가 더 멋있게 쓰려고 하면 할수록, 진실의 힘이 약해지고
아버지의 이야기, 그 핵심 정신을 오히려 잃게 되는 거야.
소박하게, 있는 그대로를 쓰면 되는 거지.
진실보다 더 소중한 것은 없으니까.

나는 그동안 얼마나 겉으로 멋지게 보이려는 삶에, 두서없이 바빴는가!
이제 이 책을 쓰면서, 고요한 마음으로 나의 뿌리를 성찰하고
과대포장이 아닌 진실 그 자체를 만나고, 호흡하고, 이야기하며
순간 속의 영원을 만나고 싶다.

아버지께서는 지금도 내 옆에서 나를 쳐다보고 계신다.
아버지의 뜻을 제대로 이해하고, 올바로 쓰는지
내가 쓰는 아버지 이야기들을
이제는 말씀 없이 듣고만 계신다!

살아가는 데 특별한 어려움이 있어서도 아니고
현재 눈물 날 일이 있어서도 아닌데,
그냥 아버지 영정 사진만 쳐다보면 가슴이 울컥한다.
아버지 앞에 나는 늘 부족한 딸, 기대를 다 채워 드리지 못한 늘 죄송한 딸.

그래도 아버지께서는 늘 나를 아껴 주셨다.
특별한 능력도 없는 평범한 나를 끊임없이 격려하며
참 과분한 사랑으로, 따스한 시선으로, 늘 감싸 주셨다.
내가 그런 사랑을 받을 만한 일을 한 것도 아닌데.

내가 견디기 힘든 어려움 앞에서도 절망하거나 포기하지 않고
끈질기게 공부를 해 올 수 있었던 것은
나의 의지력이 아니고, 부모님의 기대와 사랑, 무조건적인 헌신과 희생,
바로 그 힘 덕분이었다.

이 책은 특별한 의미로 다가온다.
「한국인의 부모자녀관계」를 몇 년도 모자라 몇십 년 동안
과학적 학문으로 검증하고 연구해 왔지만, 아직도 가볍디가벼운 껍데기.
아버지의 살아 있는 이야기가 더욱 진한 감동임을 깨달았으니!

1900년대 초엽에 태어난 아버지의 경험담이라
우리 세대에서는 상상 못할 호랑이 담배 피우던 시절의 꿈같은 이야기들.
그러면서도 사실이니, 어떤 동화책보다 신기하였다.
한국 역사책에서만 읽은 3·1 운동과 일제시대와 6·25 전쟁과 피난살이…

너무나 절박했던 삶의 이야기들, 그래서 끊임없이 반복하셨는데,
아버지께서는 딸에게 삶의 지혜를 전하려고 절박하게 발버둥치셨는데,
철없는 딸은 늘 졸면서 듣다가, 그것도 모자라 쿨쿨 코를 골며 잠이 들었다.
어렸을 때 아버지의 이야기는, 자라고 들려주는 자장가인 줄 알았다.

아버지의 이야기는
세상의 어떤 자장가보다 편안하고 안식을 주었다.
한참 자다가 깜짝 놀라 눈을 떠보면,
아버지께서는 이불을 덮어주고 계셨다.

아~ 그리운 아버지,
아버지께서 다시 살아나신다면,
이 이야기들 다시 들려주신다면,
이제는 절대로 졸지 않을 텐데요…

철없는 딸,
이제 아버지 음성을 들을 길이 없고,
인생의 고비 고비,
아버지께서 해 주신 이야기들, 섬광처럼 떠오를 때면

잠자다가도 화들짝 놀라 깨어,
자신을 성찰하고 자세를 바로 한다.
아버지께서는
돌아가신 뒤를 이렇게 예비하신 것일까!

아버지가 못내 그립다.
새벽에 잠이 깨었을 때 문득
맑은 산을 걷다가 문득
절박한 기도를 할 때 문득

참 자랑스러운 일이 있을 때 문득
정성스러운 음식이 있을 때 문득
날이 어둑어둑해지려고 할 때 문득
아버지가 못 견디게 그립다.

영정 사진에 갇혀 있는 아버지 이마에 내 이마를 맞대고
"아버지…" 하루를 시작하며, 그렇게 간절히 불러본다.
하루라는 거대한 시간의 의미를 감당하기 벅차서만은 아니다.
내 삶의 새벽을 열어 주시는 아버지!

산을
걷다가,
잠시
눈을 감고 선다.

푸른 하늘,
떠가는 구름,
신록의 향기,
산소 담은 바람결 속에

'너는 지금 어디로 가고 있느냐?'
아버지 음성,
맑은 새소리 되어,
내 발걸음을 인도해 주신다.

성인으로 자기의 역할과 책임을 다하며 살아가는 것이 어디 녹녹한 일이랴.
삶의 무게 속에서 기도가 절박해질 수밖에 없을 때
인간의 노력으로 어찌할 수 없는 운명의 힘 앞에 순종하는 지혜를 배울 때
아버지께서 분명 나의 기도를 들어 주시겠지. 그 믿음만으로도 내게는 위로!

아버지께서 살아계실 때,
좀 더 자주 찾아 뵐 것을.
아버지께서 말씀하실 때,
좀 더 깨어 있을 것을.

마음에 가득한 그리움과
마음에 가득한 안타까움을 담아
기억 속의 아버지 이야기들,
하나하나 내 마음의 책갈피에 처절하게 적는다.

하늘나라 아버지께서 '내가 말할 때는 끄덕끄덕 졸고 앉아 있더니
내가 말하지 않으니 이제야 내 말을 마음에 담기 시작했구나' 말씀하실까?
이제라도 정신 차리고 아버지의 이야기를 되새김질하며 그 향기를 깨달으니
그것은 하나의 나침반 되어, 이 세상을 살아가는 힘!

머리 희끗희끗해지던 아버지, 철없는 딸에게 들려주셨던 수많은 이야기들.
이제 아버지께서는 훌훌 떠나시고,
머리 희끗희끗해진 딸의 뿌연 돋보기 너머
가물가물한 글씨로 다시 태어나면서, 딸의 삶을 붙잡아주는 생명의 줄.

딸을 무릎에 앉히고 도란도란 이야기하시던 아버지는 평범한 농부셨다.
생각하는 대로 행동하셨으나 하늘의 법도에 어긋남이 없었고
힘이 닿는 대로 실천하셨으니 언행이 일치한 분이셨다.
감히 내가 도달하지 못한 경지.

나는
수십 년을 공부하고
백 가지 지식을 알지만
한 가지도 제대로 실천하지 못하는 사람이라면,

아버지께서는
소학교밖에 못 나온 농부로
한 가지 지식을 배워도
백 가지를 스스로 응용하여 실천한 진정한 어른!

내 마음의
영원한 참 스승,
아버지의 영전에
이 책을 바친다.

눈물이 앞을 가린다.
한 글자 한 글자,
눈물 없이는
써 나갈 수가 없다.

이것은
지나간 순간들에 대한 뼈를 깎는 반성이요
다시 다가갈 수 없는 순간들에 대한 절절한 그리움이요
새롭게 태어나는 진정한 깨달음이요

앞으로 맞이해야 할 순간들에 대한 굳은 각오요
아름다운 마무리에 대한 전율이 있는 감동이요
떠났으나 떠나지 않은 향기요
영원히 만날 수 있음에 대한 희망의 범벅이다!

이것은
단순히 내 아버지에 대한 그리운 마음만이 아니라,
유한한 생을 욕심 사납게 살아가고 있는 나에 대한 안쓰러움이기도 하고,
생로병사 할 수밖에 없는 인간에 대한 연민이기도 할 것이다.

아버지께서는 100년 가까운 세월을 사시면서
50년이 넘도록 딸에게, 삶을 통해 체험하고 깨달은 많은 이야기들을 하셨다.
써도 써도 내가 죽도록 써도 그 의미를 다 깨달을 수 없는,
언젠간 두고 떠나야 할 딸에 대한 아버지의 절박한 마음이 담긴 이야기들을.

이제 아버지께서 돌아가시고 난 뒤,
아버지께서 들려주신 이야기들을
내 마음의 보석상자에서 하나씩 끄집어내어 쓰면서
가슴 절절히 그리운 아버지.

그것은 단순히 내 아버지가 그리운 것이 아니라
지금 내가 깨닫지 못하고 있는 진리의 세계,
지금 내가 도달하지 못하고 있는 자기성찰의 세계,
지금 내가 실천하지 못하고 있는 아름다운 세계에 대한 그리움이기도 해.

50년 이상의 세월을 살며
자녀들에게 생각 없이 해 온, 나의 입을 통해 나온 수많은 말들이
얼마나 가볍디가벼운 것인가를 다시 깨달으며, 오늘도
아버지께서 딸에게 들려주신 이야기들 앞에, 부끄러운 마음으로 다시 선다!

아버지께서는
힘이 닿는 대로,
가진 것을
주위에 나누고자 노력하셨다.

태풍으로 1년 땀 흘려 농사짓던 사과나무 다 쓰러졌을 때,
빚더미 속에서도 힘든 학생에게 장학금을, 버려진 노인에게 양식을,
죽으려는 사람에게 용기를 나누셨다.
묵묵히 사람의 도리를 지키셨다.

평범한 농부가 철없는 딸에게 일생 동안 들려준 소박한 이 이야기들이
나와 우리 형제자매, 그리고 우리 자녀들에게만이 아니라
자녀를 둔 세상의 부모님들께, 그리고 부모님을 둔 세상의 자녀들께
마음의 진정한 소리울림으로 다가갈 수 있기를 기도하며!

2013년 1월 16일

아버지를 여의고
3년 탈상에
머리 조아려 쓰다.

차례

II. 자기를 성찰하며

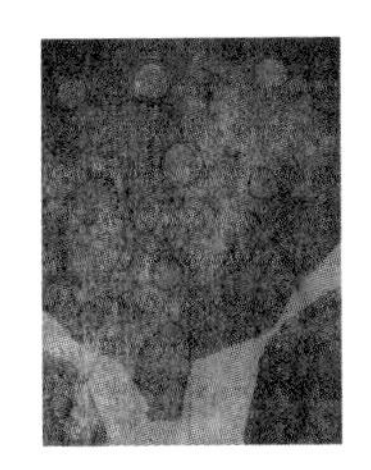

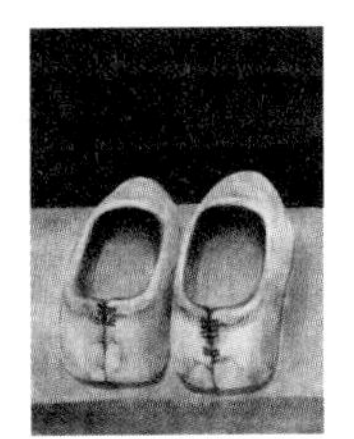

고생

인내

강인한 의지

어려움의 대처

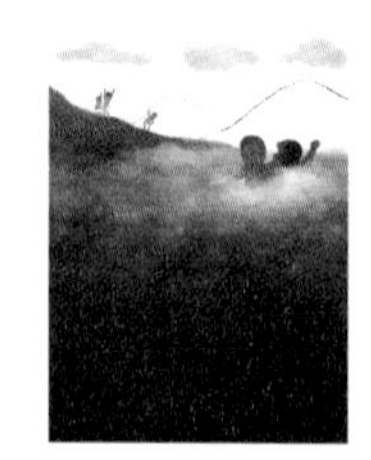
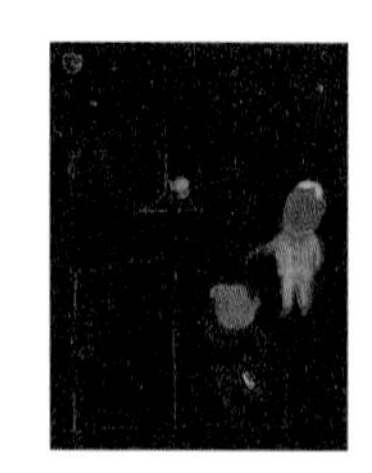

III. 부모와 자녀

효심

자녀 교육

부모 마음

고향

끈

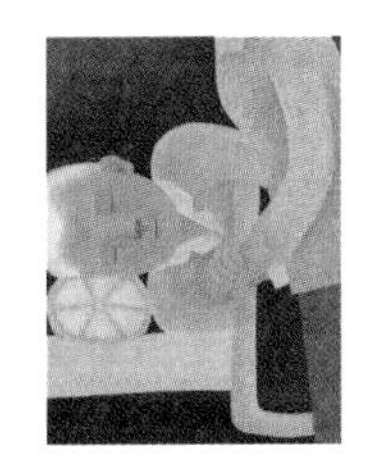

Ⅳ. 사회에 대한 환원, 그리고 생명 사랑

V. 에필로그

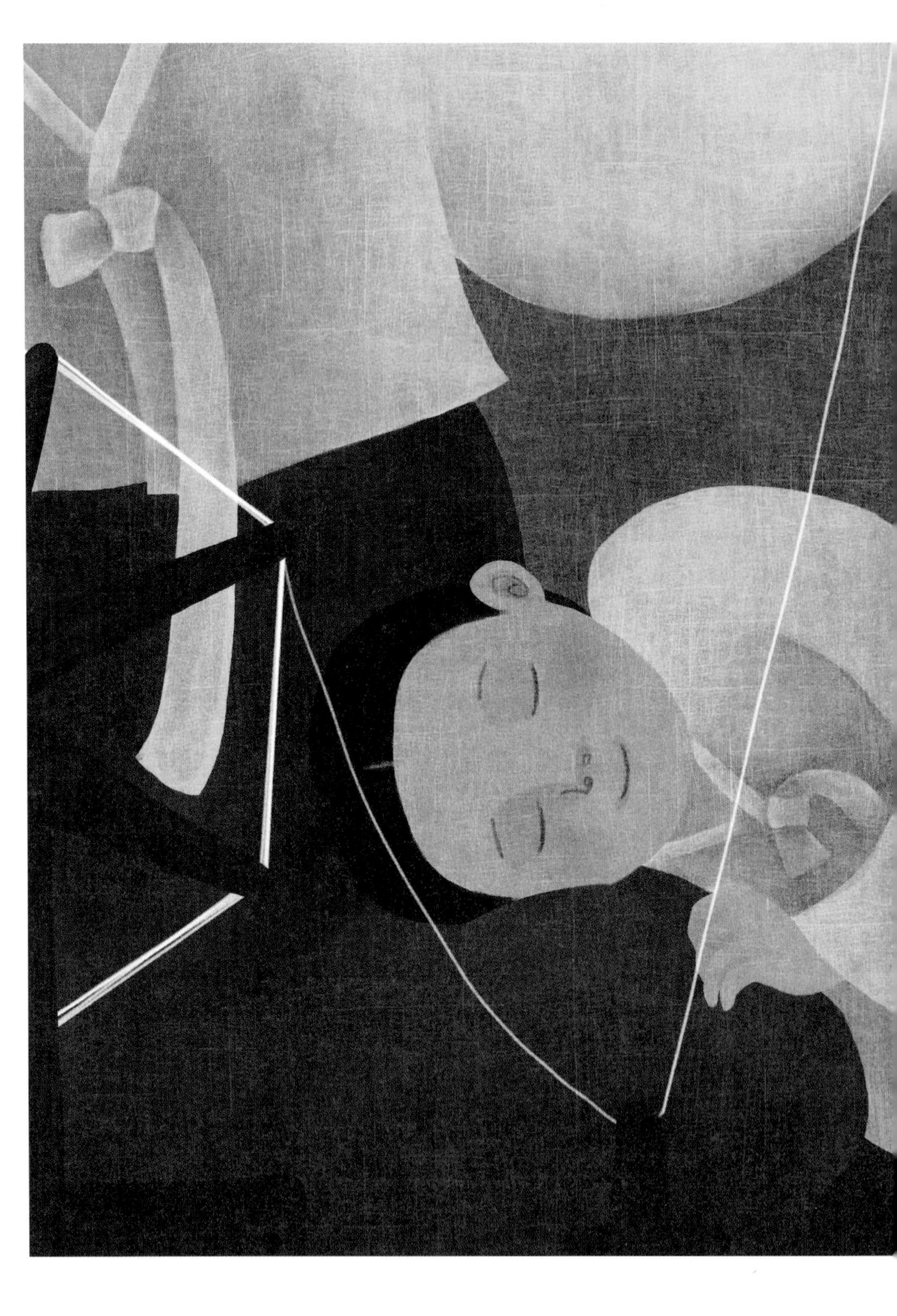

할머니 무릎 베고 낮잠 잤는데

"참으로 이상한 일이야."

"뭐가요?"

"내가 어릴 때 평안남도 평원군 초가집 대청마루에서
물레 잣던 할머니 무릎 베고 잠이 들었거든.
한바탕 복잡한 꿈을 꾸었는데
놀라, 잠이 깨어 일어나 보니
어느새 90년이 지나, 머리는 허옇고 내 나이 100세를 바라보는데,
경상북도 대구시의 한 아파트 침대 위에 누워 있더라!"

"어떤 꿈들을 꾸셨는데요?"

"일본 순사들이 3·1 운동하다 잡힌 사람들의 상투를 끈으로 연결해 묶어
질질 끌고 가며 칼로 마구 찔러, 피 흘리며 죽어가는 모습들을
어릴 때 동네 느티나무 뒤에서, 바들바들 떨며 숨도 못 쉬고 보았지.
로스케*들이 쳐들어왔을 때, 동네 사람들을 닥치는 대로 마구 쏘아 죽이고
내 가슴에도 이유 없이 총을 들이대고 죽이려다 그냥 살려주었다.
그때 방아쇠를 당겼다면… 그것이 내 인생에 여섯 번째 죽을 뻔한 일이다.

* 소련군

6·25 사변 때 공산당에게 쫓기며, 폭격으로 일부 무너진 대동강 다리 난간을
필사적으로 붙잡고 이남으로 건너왔다.
셀 수 없는 시체들이 대동강 강물을 핏물로 덮고, 둥둥 떠내려갔었지.
구사일생 목숨은 건졌지만
빈손으로 대구까지 피난 와서
밥 끼니도 참으로 잇기 어려웠다."

"아~ 아버지, 그렇게 어려운 시간들을 이겨 오셨군요!"

"지게도 없어, 말린 오징어라도 팔아보려고 어깨에 메고
한 번 짐 내리고 쉬면, 너무 힘들어 다시 메고 갈 수 없어
쉬지도 못하고
부들부들 떨며 걸었다.
대신동 도매시장에서
칠성동 소매시장까지.

아무도 안 보는 컴컴한 굴다리 지날 때마다
'차라리 전쟁터에 죽은 것이 낫지
이렇게 이 모양 이 꼴로 살려고
부모와 생이별하며 이남에 왔나?'
눈물이 대동강 핏물처럼 흘렀다.
아무도 안 보는 컴컴한 굴다리 지날 때마다.

모든 것이
한바탕 꿈만 같은데
어느덧 90년이 대동강 강물처럼 흘렀구나.
100년도 한 순간
이렇게 인생이 빠른 것이니,
절대로 시간을 아껴 쓰도록 해라!"

아버지,

저도

꿈같은 세월을 살고 있어요.

아버지께서 돌아가신 것도

꿈이었으면 좋겠습니다.

아~ 그리운 아버지…

이제

아버지께서는

떠나시고,

시간을

아껴 쓰라는

아버지 말씀만 남아!

먼저 가는 사람, 나중에 가는 사람

"남한에 피난 올 때 어떠셨어요?"

"대동강을 건너려고 보니
다리가 폭격을 맞아 여기저기 무너져 있었다.
다리의 쇠난간을 잡고 아슬아슬하게 건너는데
날이 추워 쇠난간을 쥐었다 놓으면, 손바닥의 살가죽이 쇠에 쩌억쩍 붙어
살점이 떨어지며 손바닥에서 피가 뚜욱뚝 떨어졌다."

"장갑을 끼면 되잖아요?"

"갑자기 맨손으로 피난 오는데 장갑이 어디 있느냐?
아래를 보니, 다리에서 떨어져 죽은 사람들이 셀 수 없이 둥둥 떠내려가니
손바닥 가죽이 떨어져 나가도, 쩌억쩍 들어붙는 쇠난간을 꼭 잡을 수밖에.
그렇게 목숨을 걸고
핏물 흐르는 대동강 다리를 건너왔다.

남쪽으로 출발해서 밤새도록 필사적으로 큰 산을 올라갔다가
온몸이 지쳐 내려오며 큰 산을 넘어온 줄 알았는데,
다음날 해 뜰 무렵에 보니
돌고 돌아,
저녁에 출발했던 그 자리에 다시 도착해 있는 것을 알았다!"

"앗, 밤새도록 피난 갔는데, 산을 돌고 돌아 다시 제자리에 왔다구요?"

"그래, 참으로 어이가 없었다. 다시 원점에서 피난을 시작했다.
사리원에 도착해서 쌀을 샀지만, 피난길에 밥을 해서 먹기 어려우므로
정미소에 들러 가마에다가 떡을 해서, 떡을 지고 피난길을 다시 올랐다.
전쟁터를 걸어오다 배가 너무 고파, 도랑가 수숫잎에 불을 놓아 떡을 데웠다.
떡을 먹고 나서, 먼저 간 사람들을 뒤쫓아, 서둘러 다시 피난길에 올랐다."

"그다음에, 어떻게 되었어요?"

"목숨을 잃지 않으려고 급하게 앞에 먼저 가던 사람들이
한순간 비행기 폭격을 맞아, 길에 엎어진 채 무참히 죽어 있었다!
길은 온통 여기저기 불길이 치솟고 있었다.
나도 날래 가려 했으면 비행기 폭격으로 죽었을 것이다.
그것이 일곱 번째로 죽을 뻔했던 일이다."

"그럼, 살아 있는 사람들은 없었어요?"

"폭격에 주인은 죽고 소는 살았는데, 뿔에 불이 붙어 이리저리 날뛰어서,
나중에 피난 오던 사람들 중에 불붙은 쇠뿔에 찔려 죽은 사람들도 있었다.
아기엄마는 아기를 끌어 앉고 폭격에 처참하게 죽고,
젖먹이 아기만 엄마의 젖을 물고 목놓아 울고 있었다.
전쟁의 참혹함은 눈 뜨고 볼 수도 없고, 이루 다 표현할 수가 없다…"

어른이 된 뒤에도
잊혀지지 않는,
어릴 때
아버지 무릎 위에 앉아 들은
참혹하디 참혹한 피난길 이야기.

앞을 다투어 먼저 피난 가던 사람들이
한순간 폭격에 모두 다 죽었고,
떡으로 끼니 잇고
한참 지나 뒤따르던 아버지
오히려 살아남으셨다는.

과다한 의욕으로
어떤 일을 앞서 하려는
성급한 마음이 들 때마다,
먼저 가는 것만이
삶의 진정한 성공이 아님을 일깨워준다.

정말 중요한 것을 잃는 것은 아닌지,
침착히 나를 점검하게 하는 귀중한 쉼표!
어릴 때
아버지 무릎 위에 앉아 들은
아찔하디 아찔한 피난길 이야기.

빈손

"전쟁이 나서 피난을 오며
죽을 고비를 여러 번 넘기셨는데,
그런 경험을 통해
무엇을 깨달으셨어요?"

"이북에서 살던 집도 그대로 두고
이북에서 갖고 있던 돈도 그대로 두고
모든 것을 그대로 두고,
갑자기 빈손으로 이남에 내려왔다. 떠돌이 거지 신세 되어.

나중에 이 세상을 떠날 때에도
모든 것을 그대로 두고, 너희들마저도 그대로 두고
갑자기 빈손으로 떠나는 것임을
가슴 절절히 뼛속에 사무치도록 깨닫게 되었다!"

"그것을 깨달아 그 뒤에 어떻게 사셨어요?"

"빈손으로 왔다가 빈손으로 떠나니까, 정직하게 살아야 한다!
정직하게 살기 위해, 일한 만큼 결실이 열리는 농사를 짓기로 했다.
안 좋은 물건도 좋다고 말해서 팔기보다
농사를 지으면 정직하게 살 수 있으니까 좋았다.

이남에 내려와서 대구역 뒤에 빈 박스 깔고 살을 에는 추위에 떨고 자면서
세 겹으로 입고 온 옷을 한 벌만 입고, 나머지는 팔아서 먹는 것을 해결했다.
가진 것은 몸밖에 없으니까, 처음에는 막노동을 했고
돈을 모아 지게를 사서, 지게로 물건을 가득가득 허리가 휘도록 날랐다.

더 돈을 모아 리어카를 사서 물건을 나르고
더 돈을 모아 불을 때고 잘 수 있는 방을 얻고
더 돈을 모아 가게를 얻어서 물건을 팔고
더 돈을 모아 집을 장만하고, 사과나무 과수원을 샀다.

정직하게 살기 위한 목표였던 농사를 지을 수 있게 되어, 참으로 감사하다.
그리고 지금까지 정직하게, 온 힘을 다해 사과 농사를 지어왔다.
그렇게 정직하게 번 돈으로, 너희들을 끝까지 공부시키고
열심히 돈을 모아, 어려운 학생들에게 장학금을 줄 수 있어서 정말 기쁘다."

나는 평판이 좋은 국민학교를 다녔다.
학년이 시작될 때마다 「가정환경조사서」에 아버지 직업 쓰는 난이 있었다.
힐끗 보면, 친구들은 아버지가 의사나 교수 아니면 사장이나 변호사였다.
우리 반에 아무도 아버지가 농부인 친구는 없었다.

나는 아버지 직업난에 '농업'이라고 쓰면서
나는 아버지가 이 세상에서 가장 좋지만
다른 아이들은 우리 아버지를 잘 모르니까
'농업이라고 쓴 것을 보면 어떻게 하나?' 왜 그런지 모르게 신경이 쓰였다.

국민학교 저학년 어린 마음에,
왠지 의사나 교수에 비해 농부는 그렇게 자랑할 만한 직업이 아닌 것 같았다.
기왕이면 우리 아버지도 농부보다는
의사나 교수였으면 좋겠다는 생각이 들었다.

「가정환경조사서」를 낼 때마다
소심해지는 마음.
교탁 위에 다른 아이들이 제출한 두툼한 「가정환경조사서」 사이로
내 것을 빨리 쏙 끼워 넣었다!

점차 나이가 들어가면서,
아버지는 의사나 교수 못지않게 훌륭한 농부라는 것을 알게 되었다.
정직하게 살기 위해, 농부를 목표로 살아오신 분이었다.
그리고 실제로 정직하게 살아감으로써, 인생의 목표를 이루셨던 어른.

빈손으로 피난 오시면서 한 번 깨달은 바를
피난 온 뒤에 단 한시도 변함없이 실천하셨다.
정직한 삶.
그렇게 빈손으로 갈 준비를 하셨다.

아직도 나는, 내가 목표로 한 것을 어느 것 하나 제대로 이루지 못하였다.
지금까지도 생각하는 것과 말하는 것이 일치하지 않고,
말하는 것과 행동이 일치해야 한다고 생각은 하지만
부끄럽게도, 아직까지 내 말과 행동이 제대로 일치하지 않는다.

일생 아버지께서는, 인생의 목표와 실제의 삶이 일치하셨고
생각과 말과 행동이 일치하셨다.
정직을 목표로 하셨고, 정직하게 사셨다.
근면 성실하게 살아야 한다고 생각하셨고, 실제로 근면 성실하셨다.

지금 나는,
아버지께서 농부였다는 사실이
참으로
자랑스럽다!

장님과 앉은뱅이

"90 평생 살아 보시고 나니,
어떤 사람이 행복한 사람이라고 생각하세요?"

"수십 년 된 매우 오래전 일이다.
칠성시장 가게에 앉아서, 시장 광장을 그냥 바라보고 있었다.

멀리서 건장한 남자가 젊은 여자를 업고 오는데,
두 사람이 너무나 행복한 모습이었다.

그래서 계속 쳐다보게 되었지.
점점 가까이 오는데, 둘이서 참으로 행복하게 웃으며 오고 있었다.

가까이 왔을 때야 자세히 보니
건장한 남자는 장님이었고, 업힌 여자는 앉은뱅이였다.

부족한 부분을 서로 의지하면서
함께 가고 있었다.

세상에 그런 행복한 얼굴을 지금껏 본 적이 없다.
많은 것을 소유해야 행복이 아니라는 것을, 그 순간에 크게 깨달았다!"

회
평안 상회
칠성 식당
설농탕
대구탕

적절한 정도

"살아가면서 돈이 꼭 필요하잖아요?
돈에 대한 아버지 생각이 어떠신지, 듣고 싶어요."

"돈이 없어 고생할 때는,
돈이 있으면 좋겠다는 생각이 간절하게 들었지만,

돈이 많다고
꼭 좋은 것만은 아니더라!

그동안 살면서
수전노 같은 사람, 돈의 노예가 된 불쌍한 사람들을 많이 보았다.

평생 죽자사자 돈을 벌어서, 돈을 지키다가
바들바들 떨면서 돈만 지키다가, 아무것도 못하고 죽는 사람들을 보았다.

그리고 돈이 없어 고통받는 사람만이 아니라
많은 돈 때문에 너무나 큰 고통을 받는 사람들도 보았다.

가까운 사람이 돈 빌려달라고 하는데 빌려주지 않으면 의가 상하고,
그렇다고 못 갚을 사람에게 빌려주면 돈만이 아니라 사람도 잃게 된다."

"많은 돈 때문에 심하게 고통받는 경우가 더 많다면
차라리 돈이 적은 것이, 많은 것보다 더 행복할까요?"

"그러나 필요한 돈이 없으면 안 된다.
돈이 적절하게 있어야 한다!"

"그럼 돈을 어느 정도 소유해야
적절한 정도인가요?"

"어디 가서 돈 빌리지 않고, 스스로 의식주는 해결하고 지낼 수 있어야 한다.
그리고 자식 교육시키며, 부모 책임을 다할 정도는 돈이 있어야 한다.

공무원이 생활에 골몰하면 국가 돈을 탐내게 되는 것을 보았다.
남의 돈을 보아도 아무런 흔들림 없을 정도의 기본 생활안정이 되어야 한다.

너는 공부하는 사람이므로
돈에 쫓기어 공부가 방해되어서는 안 된다.

안정된 생활을 할 수 있도록, 검소하게 지내고
오로지 공부에만 전념해야 한다."

"돈이 너무 많아도 불행하고
돈이 너무 없어도 사람 구실을 제대로 못 하는군요."

"자신이 관리할 수 있을 정도의 돈만 소유해야 불행하지 않다.
자신의 그릇에 담을 수 있는 정도의 재물만 갖는 것이 행복하다.

무엇이든 지나치면 불행하다.
지나친 소유에 집착하거나 욕심을 내지 마라.

소유할 수 있더라도 절제하고,
모든 것을 적절한 정도로만 소유함으로써

자신의 그릇에 맞는
분수를 지키도록 해라!"

죽은 돈, 산 돈

"돈에는
두 가지가 있다는 것을 깨달았다.

한 가지는 '죽은 돈'이고
또 한 가지는 '산 돈'이다."

"예?
'죽은 돈'과 '산 돈'이라니요?"

"욕심에 가득 차서 곳간에 쌓아 두기만 한다면
그것은 '죽은 돈'이고

사람을 살리는 일에 쓰이면
그것은 '산 돈'이다!"

혼났어도 후회되지 않아

"소학교 다니는 동안 가세가 기울어져 월사금을 내기가 점차 어려워졌다.
친구들은 밀려도 한 달 정도 밀리는데, 나만 몇 달을 밀리게 되었다.
형님은 장남이라고, 막내는 학교 안 간다고 떼쓰니까 먼저 월사금을 주셨고,
나는 아바지 오마니 힘들까봐 잠자코 있다 보니, 오래 월사금을 못 내었다.

매일 담임선생님을 뵐 면목이 없어서,
할머님 댁에 월사금을 빌리러 갔다.
입이 떨어지지 않아 저녁까지 말도 못 꺼내고
안절부절못하다가 그냥 잤다!

어린 마음에 너무 고민하다 잠들어서인지,
밤에 못 견디게 오줌이 마려웠다.
멀리 있는 변소에 가려니 무서워서,
마당에 나가 오줌을 싸고 들어와 잤다.

아침에 할머님의 불호령 소리가 들려와, 놀라서 후다닥 잠이 깼다.
마당에 곡식을 말리려고 펼쳐 놓았는데, 밤새 누가 그 위에 오줌을 쌌다고
머슴들이 모두 마당에 서서 하늘이 두 조각 나듯 혼나고 있었다.
잠 깨면서 들어보니, 내가 밤사이 마당에 오줌 싼 것이 언뜻 생각났다.

마당에 곡식이 펼쳐져 있다는 것을 전혀 생각하지 못했었다.
방 안에서 발발 떨면서, 어린 마음에 할머님께 혼날 일이 너무 무서웠다.
그러나 가만히 있으면 머슴들이 억울하게 계속 혼나게 된다.
그렇지만 내가 쌌다고 말하려 하니, 월사금 말도 못 꺼내고 쫓겨날 일.

몹시 두려웠지만,
용기를 내어
방문을 열고
나갔다!

할머님께 머슴들은 아무 죄가 없고,
내가 밤에 자다가 오줌이 너무 마려워서
곡식이 있는지 모르고 마당에 오줌을 쌌다고 사실대로 말씀드렸다.
할머님께 크게 혼나고, 월사금 얻으러 왔다는 말도 못 꺼내고 쫓겨났다."

"그 일로 인해 어떤 생각을 하시게 되었어요?"

"그때 집에 돌아오며,
월사금 빌려 달라는 말조차 할머님께 꺼내지도 못하다니
가슴이 울컥하고, 어린 마음에 너무나 속상했지만

지금 돌이켜보면,
그때 정직하게 말한 것이 정말 잘 했다고 생각한다.
마음에 당당하기 때문이다.

그때 정직하게 말하지 않았으면,
월사금을 할머님께 빌려서 학교도 마음 편히 다니고
그 당시에는 좋았겠지만,

잘못 없는 머슴들만 혼나고,
나는 두고두고 고통스럽게
내 인생에 정직하지 못했던 순간으로, 그때를 기억하게 되었을 것이다.

시간이 지나고 보면
결과적으로,
정직한 것만큼 최선은 없다!"

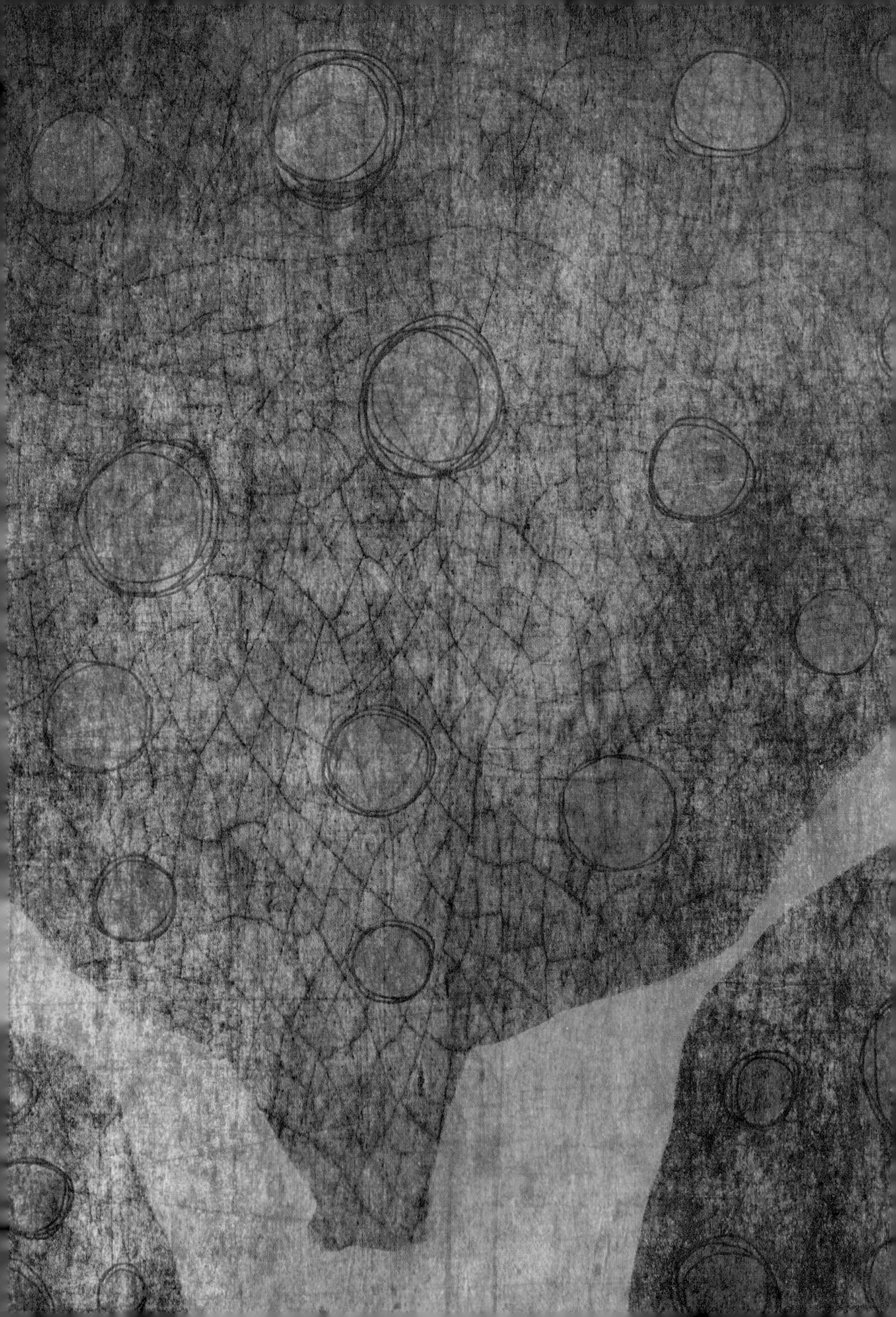

평소에 사과나무를 대접하며

"오랫동안 사과 농사를 지으시며, 무엇을 느끼셨어요?"

"세상에
공짜는 없다.

가을에 좋은 열매를 맺으려면
평소에 비료도 주고, 약도 치며, 잡초도 뽑고,

그렇게 늘 사과나무를 대접하고
봄, 여름, 가을, 겨울, 항상 관심을 기울이며 사랑해야 한다."

"그렇게 사과 농사를 짓고 살며, 무엇을 깨달으셨어요?"

"내가 그동안 100년 가까이 살아오며 진정으로 느낀 점은,
우주의 모든 이치가, 사과나무처럼 참으로 정직하고 정확하다는 것이다.

최선을 다한 만큼 결실이 있고,
선을 베풀면, 선은 반드시 선으로, 언젠가는 꼭 돌아온다는 사실이다.

불쌍한 사람을 도우면
남을 돕는 것이 아니라, 자기 자신을 돕는 것이야!"

옥편, 삽, 곡괭이

"소학교 다니는 도중에 가정형편이 점차 어려워져서
학교 마치고 집에 오면 어린 나이에도 곧바로 지게를 지고
험한 산에 나무를 하러 가야만 했다.
산에 갈 때는, 학교에서 노는 친구들 눈을 피해 이 골목 저 골목 돌아갔다.
그러나 돌아올 때, 짐이 무거워 할 수 없이 학교 앞을 거쳐 지름길로 왔다.
나뭇짐이 무거워 힘든 것보다, '친구들이 보면 어떻게 하나?' 마음이 쓰여
친구들이 운동장에서 놀고 있는 학교 앞을 지날 때마다, 땀이 비 오듯 했다.
그렇게 1년 내내 나무를 해서, 겨울에 쓸 땔감을 준비하며 살았다."

"어린 나이에 그렇게 고생하며 힘들게 학교 다녔는데,
아프지도 않으셨어요?"

"그 당시에는 말라리아에 걸리면 사람이 죽었고, 매우 무서운 병이었다.
나도 소학교 시절에 말라리아에 걸렸는데, 그것이 두 번째 죽을 고비였다.
약도 없고 죽을 것 같았지만,
그래도 결석 안 하려는 마음으로 학교를 갔다!
열 때문에 걸을 수 없어,
언덕에서 내려갈 때는 누워 떼굴떼굴 굴러서 갔다.
그러한 노력의 결과로, 소학교 졸업할 때 6년 개근상을 받았다.
그때는 병 걸리면 약도 없고 해서, 6년 개근을 하는 학생이 거의 없었다."

"그 당시에 찾아보기 어려운 6년 개근을 했는데,
상품이 있었어요?"

"그래, 옥편과 삽과 곡괭이!
이 세 가지를 받았다."

"왜 하필이면
삽과 곡괭이를 주었어요?"

"그때에는 삽과 곡괭이가 매우 비싸고,
집안에서 가장 소중한 물건이었다."

"그래도 그렇지,
어린애에게 삽과 곡괭이가 왜 필요해요?"

"부모님 농사짓는 일 돕는 데 쓰라는 뜻이지.
그 당시에는 어려도 부모님의 힘든 농사일을 다 같이 도왔다."

아버지께서 돌아가시기 한 달 전, 다른 의식이 거의 희미해지기 시작했을 때
아버지와 무엇이라도 소통하고 싶은 나, 애 터지는 마음으로 여쭈어 보았다.
"아버지, 6년 개근으로 어떤 상품을 받으셨는지, 기억나세요?"
"그래, 옥편과 삽과 곡괭이, 이 세 가지를 받았다…"

구구절절이 매 번 몇 시간 이상 졸리도록 해 주시던 그 길고 긴 이야기를,
단 몇 초 동안만 천천히 답변하시고는, 고요한 적막만이 흐르다니.
단답형이라도 너무나 반가운 응답.
'아~ 아버지, 아직 의식이 확실히 있으시구나' 확인하며 안도의 숨을 쉬고

"아버지, 개근상으로 무얼 받으셨는지, 기억나세요?" 또 아버지를 흔들었다.
"그래, 옥편과 삽과 곡괭이…"
아버지께서는 눈을 감고
희미하게 꺼져가는 불씨처럼, 점점 천천히 숨을 몰아쉬며, 말끝이 흐려졌다.

수백 번도 더 들은 이야기, 옥편과 삽과 곡괭이를 받았는지 몰라서가 아니라,
의식의 끈을 붙잡고 계신지, 아버지 목소리를 확인하려고
목이 메고, 가슴까지 메어,
울먹이는 목소리로 더듬더듬, 절박하게 거듭거듭 질문하였다.

"아버지, 개근상 기억나세요?" "그래…"
"아버지, 개근상…" 아버지를 생명줄처럼 꽉 붙들고 하염없이 흔들었다…
아버지께서는 다 타버린 장작개비처럼, 아무런 말씀이 없으셨다…
열네 번 죽을 뻔한 일을 이겨낸 뒤, 열다섯 번째는 자연의 섭리에 순종했다!

아버지께서는 의식의 마지막 순간까지 옥편, 삽, 곡괭이를 분명히 기억하셨다.
죽음에 다가가는데도, 대답하시는 온 얼굴에 자랑스러움이 역력하셨다.
6년 개근이라는 가치 있는 목표를 향해 자신과의 싸움에서 이길 수 있었다는,
어떠한 육체의 고통도, 정신의 고통도, 성실로 이겨 나온 삶의 표정이셨다.

죽을 것 같은데도, 누워 떼굴떼굴 굴러서 간, 아버지의 소학교 시절 이야기.
내가 아버지 무릎에 앉아 이야기 듣던, 국민학교 시절만이 아니라
지금까지도, 어떤 일을 할 때든
조금 힘들다고 농땡이를 부리지 못하게 한다.

자신이 처한 상황에서 그것이 비록 역경이더라도
얼마나 성실하게 최선을 다해야 하는지
머릿속에 지우지 못할, 아버지의 어린 시절 6년 개근 이야기.
말라리아로 온몸이 불덩어리처럼 뜨거운데, 언덕을 떼굴떼굴 굴러 간 학교!

해열제로 열이 쑥쑥 내려가도,
미열조차 견디지 못하는 나약한 나의 육체.
목숨과 관계되기는커녕,
소소한 어려움조차 견디지 못하는 나약한 나의 정신.

오늘도 약하디 약한 나의 육체와 정신을
새롭게 일깨워 주는,
성실한 마음과 성실한 태도의 본보기,
떼굴떼굴 굴러 갔던 학교 이야기.

아침 일찍 대문을 열어 두면: 아버지께서 딸에게

과수원 낡은 집, 빛바랜 벽.
항상 붙어져 있던 두 개의 달력.
하나는 올해 달력,
또 하나는 지난해 달력 뒷장.

1년은 열두 달, 달력 열두 장
지난해 달력 뒷장에
붓글씨로 써 놓은 아버지 말씀 열두 가지.
철없는 자식의 마음에, 영원히 수놓고 싶으셨던 것일까?

펼쳐진 과수원 밭, 사과가 익고
한쪽 옆 논에서, 벼가 익는 동안
과수원 집 벽에서
익어가던 아버지 말씀.

「掃地黃金出 開門萬福來」
(소지황금출 개문만복래)
아버지께서는 달력 어느 뒷장에, 그렇게 써 두셨다.
내가 과수원에 와서, 보기를 기다리시는 것처럼!

내가 과수원에 놀러 갔을 때
"아버지, 저 한자는 무슨 뜻이에요?" 여쭈어 보면
아버지께서는 기다리셨다는 듯이 대답하셨다.
"아침에 일찍 일어나 대문을 열어 두면, 만복이 대문으로 들어온다."

청소년기 나는 아버지를 놀리듯 씽긋 웃으며
"에이~ 아버지, 새벽에 대문 열어 놓으면, 도둑이나 들어오지요."
딸의 능청스런 답변에도,
아버지께서는 말씀 없이 빙그레 웃기만 하셨다.

40여 년이 지나
이 동문서답을 스스로 깨달을 줄 아시고
40여 년을 말씀 없이,
인내로써 기다리셨을까!

농부의 인내와 부지런함은 하늘에 닿아 있었다.
매일 여명이 밝아오는 새벽,
과수원 문을 열며
혼신을 다해 하루 일을 시작한 아버지.

아버지의 그 한결같은 부지런함 덕분에
1년을 땡볕에 그을리며 농사지어 사과 판 돈으로
나는 서울에 올라와, 단 한 번도 걱정 없이 제때 등록금 내며
대학도 모자라 대학원까지 공부하는, 만복에 만복을 누렸다. 복인지도 모르고.

지금도 영정 사진 속 아버지께서는,
아무 말씀 없이
내가 스스로 깨닫기를 묵묵히 기다리고 계시는 듯.
'새벽을 깨우는 사람이 되어라!'

아침 일찍 대문을 열어 두면: 할머니께서 아버지에게

"너는 고집 센 성격이 너의 할머니를 꼭 닮았다.
그 시대에 비록 여자였지만, 우리 오마니께서는 한 번 결심하면 끝까지 했다."
"아버지, 할머니는 어떻게 생기셨는데요?"
"너처럼 얼굴이 길었다."

비록 고집 센 성격이 문제이지만,
할머니를 닮았다는 말씀이 싫지 않았다.
생사를 건 6·25 전쟁 피난길에 사진 한 장 없는
그리운 할머니.

"아버지, 할머니는 어떤 분이셨는데요?"
수없이 계속 여쭈어 보아도
나는 어릴 때부터,
단 한 번도 만나보지 못한 나의 할머니가, 늘 궁금했다.

“아버지, 할머니는 어떤 분이셨는데요?”

“조만식 장로님, 주기철 목사님과 같이 산정현교회를 일구신 집사님이셨다.
매일 새벽 일찍 집 마당을 쓸고 나서, 집 앞부터 온 동네까지 다 쓸어 놓으시고
대문을 열어 두고 새벽예배를 가서, 항상 가장 앞줄에 꼿꼿이 앉으셨는데
비가 오나 눈이 오나 단 하루도, 평생 새벽예배를 빠진 적이 없으셨다.

‘이렇게 새벽에 대문을 열고 다니시다가 집에 도둑이 들면 어떻게 합니까?’
어릴 때 오마니께 여쭈어 보았더니,
‘대문을 굳게 닫아 놓으면 도둑질할 물건이 있다는 표시이고
대문을 활짝 열어 놓으면 도둑질할 만한 물건이 없다는 표시이다’ 하셨다.

매일 오마니께서 동네 청소하신 뒤에
산정현교회 새벽예배를 다녀오셨어도,
대문이 활짝 열려 있는 우리 집에는
단 한 번도 도둑이 들지 않았다.

참 이상하게도,
대문이 굳게 잠겨 있는 옆집에는
여러 번 도둑이 들었다.
오마니 말씀이 맞았다!”

썩은 사과

아주 어릴 때, 아버지 일하시는 과수원에 나가보면 무언가 이상했다.
집에서 나는 싱싱한 사과만 먹는데, 과수원에서 아버지, 썩은 사과만 드셨다.
냉동창고 상자에서 썩어가는 사과들만 모두 골라내고
나무에서 떨어진 멍든 사과들만 계속 주워서, 바구니에 모아 두고 드셨다.

아주 어릴 때, 아버지 일하시는 과수원에 나가보면 무언가 이상했다.
집에서 어머니 연탄불에 밥해 주셨는데, 과수원에서 아버지, 연탄이 없었다.
베어낸 노목 사과나무 장작을 후후 불며 신문지 넣고 불 지펴
장작불에 된장 풀어 머얼건 된장국을 끓여 드시고 계셨다.

아주 어릴 때, 아버지 일하시는 과수원에 나가보면 무언가 이상했다.
집에서는 밥상에 반찬이 여러 가지 있었는데, 과수원에는 반찬이 거의 없었다.
아버지께서는 밭에서 깻잎 몇 장 따 와, 깻잎에 밥을 싸시더니
고추장 조금 찍어 묻히고는 "맛있다!" 하시며 쌈밥을 입에 쏘옥 넣어 주셨다.

우리에게 매일 싱싱한 사과만 갖다 주셔서
아버지께서도 과수원에서 매일 싱싱한 사과만 잡수시는 줄 알았다.
'아버지께서는 왜 썩은 사과만 잡수시는 걸까?'
참 이상했다.

지퍼에 끼워진 빨간색 노끈

아버지께서 돌아가신 뒤 어느 날, 사진을 정리하다
아버지 어머니와 함께 시골에서 찍은 사진을 우연히 보았다.
아버지 턱 아래쪽 잠바에 무언가 빨간색이 언뜻 보였다.

'이게 뭐지?' 자세히 사진을 들여다보니,
그것은 떨어져 나간 지퍼에 빨간색 노끈을 끼워 묶어서
잠바를 여닫을 수 있게, 짧은 손잡이를 만들어 둔 것이었다.

그날 하루종일 부모님과 함께 다니고
마주앉아 식당에서 점심식사도 같이 했는데
아버지 잠바 지퍼에 묶어 놓은 빨간색 노끈을 본 기억이 전혀 없다.

사진 속 빨간색 노끈을 발견하고는, 슬픔의 바다에 빠진 듯 엉엉 울었다.
몇십 년을 입어 소매가 하늘하늘 실오라기 나온 낡은 하늘색 잠바에
지퍼 손잡이마저 떨어져, 끼워놓은 손잡이용 빨간색 노끈!

'아버지께서는 빨간색 노끈으로 지퍼를 끌어 올리고 내리시며
그렇게 검소하게 생활해서 모은 돈으로, 장학금 주고 경로잔치를 하셨구나.'
빨간색 노끈에 머문 내 눈은, 빨간색 눈물을 홍수처럼 쏟아 내었다.

흰 고무신과 검은 실

초 중 고등학교 시절, 신 나는 방학.
소풍 나들이 기분으로 과수원에 가보면
내가 쓰다가 아낌없이 막 버린 물건들이
모두 재활용되고 있었다.

새 공책을 사 주시고
내가 쓰다 만 공책은 과수원에 아버지 장부가 되어 있었고,
새 책상을 사 주시고
내가 쓰던 헌 책상은 과수원에 아버지 책상이 되어 있었다!

아버지께서 돌아가신 지금,
40년 전 과수원 집 툇마루 앞 댓돌 위에, 가지런히 놓여 있던
아버지 흰 고무신 찢어진 뒤축이
검은 실로 엉기성기 꿰매어져 있었다는 사실을 문득 기억해 냈다.

그런데 개인용 컴퓨터를 구경하기도 어렵던 30년 전 내가 대학원 공부할 때
그 당시 수백만 원짜리 286 컴퓨터를, 필요하다고 전화만 하면 즉각 사 주셨고
홍릉 키스트에서도 카드구멍 내어 대형 냉장고만한 기계로 자료입력하던 때
그 당시 최첨단 도트 프린터를 사 주셨다는 사실도 함께 떠오른다.

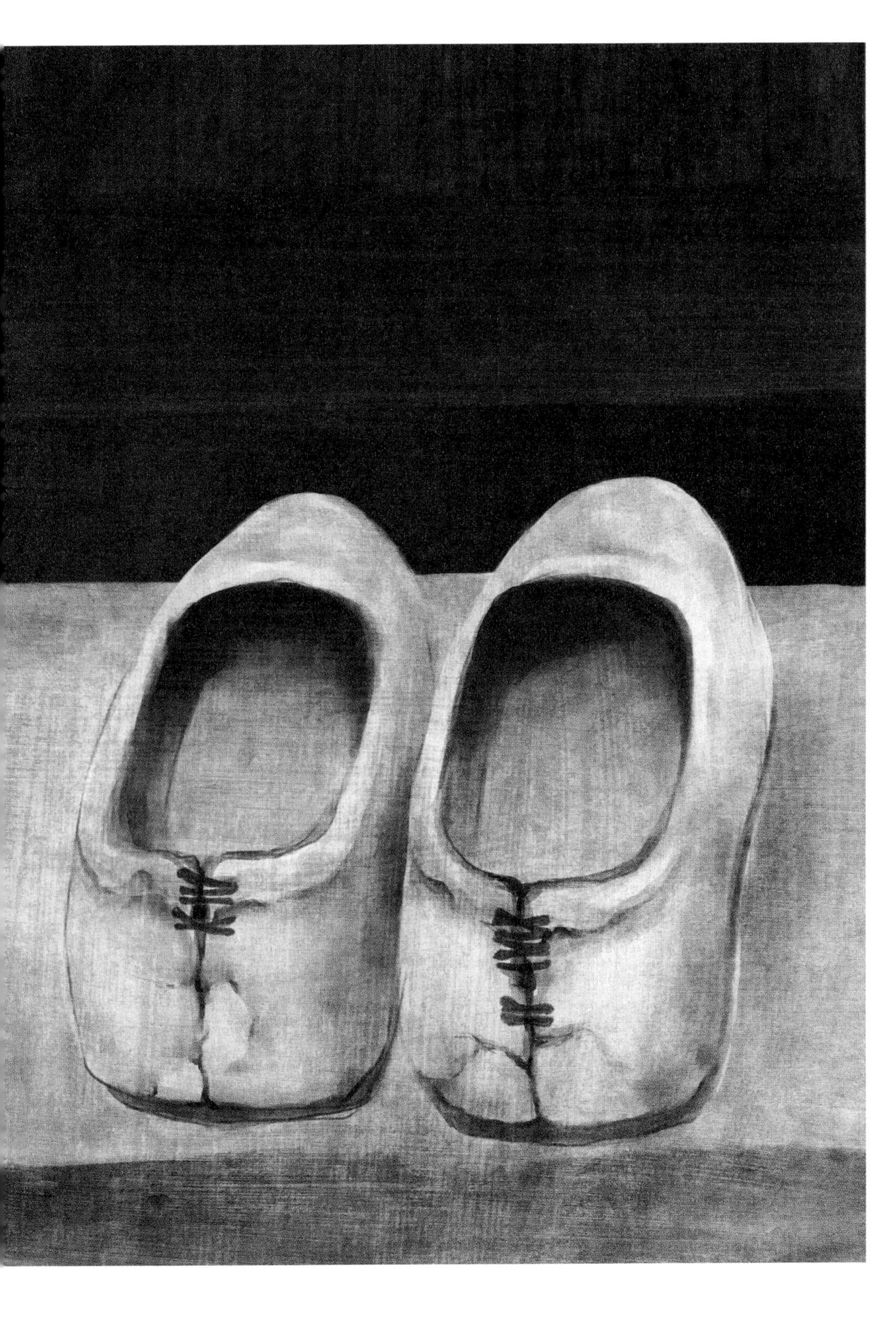

옛날에는 꿈에도 연결 지어 생각해 본 적 없는
40년 전 꿰매어진 고무신과
30년 전 최첨단 컴퓨터를,
갑자기 연결 지어보며

이것이 무관하지 않음을
아버지께서 돌아가신 지금에서야,
잃어버린 두 기억을
동시에 찾아내고

뜨겁게 메이는 가슴으로
아버지께서 살아생전에
자랑스러워하신 공부를,
오늘도 묵묵히 열중한다.

내가 등록금과 책값 걱정 없이
안정되게 공부에만 열중할 수 있었던 것은,
아버지의 흰 고무신이
검은 실로 꿰매어져 있었기 때문이다!

천식 치료

부모님께서는 집안에 의사 한 명이 있으면 좋겠다고 생각하셨다.
그러한 소망 덕분인지, 큰아들이 의사가 되었다.
평소에 큰아들이 의사인 것을 더없이 든든하게 생각하셨다.
그리고 의사 아들의 덕을 평생 톡톡히 보셨다.
의사 아들 덕분에 몇 번 치명적 상황에서 생명을 건지셨고,
큰아들은 평소에도 늘 약을 부쳐 드렸다.

한번은 갑자기 심한 기침을 하며 숨이 막혀 하셨다.
무조건 든든한 큰아들이 있는 서울로, 먼 지방에서 달려 오셨다.
몇 시간이 걸리는 동안, 아버지께서는 숨을 쉬시기도 어려우셨다.
얼굴은 거무튀튀하게 변하고 정신을 잃을 정도가 되셨다.
이렇게 처음 천식이 발병했을 때 경부고속도로에서 돌아가실 뻔했다.
그것이 아버지께서 겪은 열한 번째 죽음의 고비였다.

그 뒤 돌아가실 때까지, 단 한 번도 천식으로 인한 위기의 순간이 없었다.
매일 정해진 시간에 천식 약을 드시고 천식 치료 흡입기를 후후 들이마셨다.
나중엔 뇌졸중으로 손이 떨리고 힘들어 흡입을 정확히 못해도 열심히 하셨다.
참으로 눈물겨운 자기관리의 모습이었다. 든든해하시던 큰아들이 보내준
천식 치료 흡입기는, 입술 주변을 힘없이 맴돌 뿐이었지만!
무엇을 한 번 결심하고 시작하시면, 목숨이 다할 때까지 지키려 노력하셨다.

새벽 기상

아버지의 기상시간은 항상 새벽 3시 40분.
그때 일어나서 모든 준비를 완료하고 계시다가
「통행금지」 해제되는 새벽 4시가 되면, 항상 어김없이 대문을 나섰다.

'항상'이란 비가 오나 눈이 오나 단 하루도 빠짐이 없다는 뜻.
'어김없이'란 몇 초도 틀림없이 정확한 시간에 대문을 열고 나섰다는 뜻.
'새벽 4시'란 하루가 시작되는 첫 시간이라는 뜻.

'매일 새벽 4시에 어디로 가시는 것일까?'
약 30분을 걸어서 경북대학교 뒤 산격동 수도산에 올라가
북쪽을 향해 큰절을 하셨던 아버지!

수십 년을 하루같이
단 하루도
빠짐없이.

집에 돌아오시면,
한겨울에도 창문 활짝 열고,
우리 이불을 걷어내며 깨우셨다.

어린 나에게 그 시간은 쿨쿨 단잠 자는 한밤중이고,
일어나 할 일도 없는데,
공부는 학교에서 하기만도 충분히 지겨운 것이었다.

잠이 많았던 나는 툴툴 불평을 하면서 깨는 둥 마는 둥 하다가
아버지께서 과수원으로 떠나시면,
걷어내신 이불을 돌돌 말고 또 잠을 잤다.

매일 새벽
억지로 깼다가 쿨쿨 다시 자는 잠이,
그렇게 달콤할 수가 없었다.

아, 이제야 철이 든 것일까?
돌아가신 아버지,
이제 나를 깨우지 않으시는데,

새벽에 벌떡벌떡 일어나 하루를 공부로 시작한다.
아, 그리운 아버지.
새벽 이불 확 걷어 내시던!

고생과 행복

"이남에 피난 오셔서 정말 고생 많이 하셨지요?
그렇게 많은 고생을 하고 나서 어떤 생각을 하시게 되었어요?"

"고생을 고생으로만 받아들이면
인생에 아무런 도움이 되지 않는다."

"그럼 고생을
어떻게 받아들여야 돼요?"

"고생을 올바로 받아들여야 한다.
어려운 일이 있을 때마다, 그것을 행복의 첫걸음이라고 받아들여야 한다!"

"에이~ 아버지, 그게 말이 쉽지,
어디 쉬운 일인가요?"

"그렇지만 고생을 슬기롭게 받아들여야,
고생 끝에 낙이 온다.

고생할 때마다 마음으로 이기고 잘 극복해 왔기 때문에,
지금 이 정도 행복을 느낄 수 있다."

행복한 일과 행복은
함께 생각하기 쉬웠으나
고생스러운 일과 행복은
함께 생각해 본 적이 별로 없었다.

아버지의 말씀은
전혀 상관 없어 보이는
고생과 행복의 관계를
생각하게 해 주었다.

그리고
행복의 첫걸음이
무엇인가도
새롭게 알게 되었다.

그것은
고생마저도 행복으로
받아들이는
마음!

맛과 멋

성인으로 살아가는 모든 사람들에게 어려움이 있듯이,
내 인생에서도 나름대로 참 어려웠던 시절이 있었다.
어디 성인뿐이랴, 초등학생도 학교 숙제가 힘겨운 것이다.

많은 시간이 지나고 나서 생각해 보면 견딜 만하고
'별것 아닌데' 허허허 너털웃음 지으며 지나갈 만한데,
그 당시에는 하늘이 두 동강이라도 난 것처럼 힘들어했다.

그때 고향을 찾았을 때,
나는 아무 말도 하지 않았지만,
아버지께서는 내 마음을 다 읽으셨던 것일까?

딱 한마디 하셨다.
"고생의 맛을 모르는 사람은 인생의 멋을 알 수 없다!"
"…"

아버지께서는 나와 마주앉아 아무 말씀 없이 십여 분이 흐른 뒤에
매우 느린 속도로 어눌하게
그러나 삶의 무게를 담아, 한 마디 한 마디 힘을 주어 말씀하셨다.

"고생의 맛을 모르는 사람은
인생의 멋을
알 수 없다."

고개를 떨구고
'아버지, 나는 지금 너무너무 힘들어요' 마음으로 외쳤지만
나는 목이 메어 아무 말도 할 수 없었다.

그 말씀의 무게가 이렇게 크게 다가오는 것은,
일제 강점기에서부터
6·25 전쟁의 맨주먹 피난에 이르기까지

지금까지 겪어야 했던 죽을 고생의 맛을 이겨낸 아버지 앞에서
내가 겪는 마음고생이란
복에 겨운 사치나 다름없기 때문이었을까?

아버지의 빛바랜 흰 머리카락은
97년 동안 담근 고생의 맛이라 어떤 장맛보다 깊고,
97년 동안 이겨온 자기수양의 멋이라 어떤 미인보다 아름답다!

아버지의 지게

고생도 시간이 지나가면, 아름다운 추억이다.
어린 나이에 땔감 한 짐 가득 지게를 지고, 친구들이 노는 학교 앞을 지나며
학교 친구들이 볼까 땀이 비 오듯 마음이 쓰였던 그 아픈 추억도,
맨주먹으로 대구에 피난 와, 입고 온 바지 팔아 오징어 사서 어깨로 나르며
꿈에 그리던 지게를 사기까지, 굴다리 지날 때마다 그 피눈물 고통의 추억도
시간이 지나니, 모두 아름답다.

아버지께서는 작가를 알 수 없는 유화 그림 한 점을 소중하게 여기시고
태극기가 걸려 있는 거실에 나란히 걸어두고 계셨다.
그림에는 한 남자가 무겁디무거운 지게에 한껏 짐을 지고 막대에 의지하여
지게 무게를 못 이긴 듯, 고개는 땅이 꺼지듯 내려다보며 힘겹게 걸어간다.
그리고 주인공 남자의 뒷배경에는 큰 산이 있다.
뼈저린 고생은 아름다운 추억이 되어, 그 그림은 이제 아버지 살점 같다.

아버지께서는 그 그림을 보시면, 아버지의 지나온 고생을 느껴 감동하시고
나는 그 그림을 보면, 피땀 흘린 아버지 인생을 느껴 감동한다.
아버지 마음이 내 마음에도 전달된 것인지
나도 왜 그런지 그 그림만 보면, 가슴이 뭉클해지다 못해 전율이 일어났다.
아버지께 그 그림을, 내가 갖고 싶다고 했다.
아버지께서는 1초의 망설임도 없이 "그래, 갖고 가거라!" 하셨다.

예술적 가치를 떠나서,
아버지의 투혼이 느껴지기에 소중한 작품.
내 책상 앞 벽 한가운데다
단단히 붙여 두었다.
출근하면 매일 책상 앞의 그림을 보며,
아버지를 만나는 듯 인사하였다.

그리고 이런저런 일들로 힘들 때마다
아버지의 힘겨웠던 고생길을 생각했다.
그 그림에는 참혹한 고생을 이겨온 아버지의 얼이
스며 있는 것 같았다.
눈앞에 가까이 두고 매일매일,
하루에도 몇 번씩 바라보며 힘을 얻어 갔다.

그렇게 시간이 지나, 다시 고향에 갔다.
이제는 내 책상 앞에 있는 그림, 나도 모르게 그것이 걸려 있던 벽을 보았다.
빈 벽일 줄 알았는데, 거기에 손바닥만한 흑백 사진 액자가 걸려 있었다.
나에게 주신 큰 그림은 작은 사진 형태로, 그 자리에 여전히 붙어 있었다!
'내가 그 그림을 갖고 싶다고 아버지께 말씀드리고 며칠 고향에 머무는 동안
내가 모르는 사이, 큰 그림을 사진관에 갖고 가서 사진을 찍어 놓으셨구나…'

그때 아버지, "그래, 갖고 가거라" 즉각 대답하셨는데,
그것은 그 그림이 소중하지 않아서가 아니라
자식을 더 아끼는 마음.
그때 아버지, 아무 미련 없는 표정으로 갖고 가라고 즉각 대답하셨는데,
그것은 아버지 인생에 의미 없어서가 아니라
소중한 딸에게 그 의미를 전하고 싶은 반가움에서였을까?

흑백 사진으로라도
가까이 두고 싶었던
그렇게 소중한 것을,
아낌없이
주신
아버지!

그 그림은 아버지께,
고생의 아름다운 추억을 선물해 주었다.
그리고 그 그림은 나에게,
이기기 어려운 고생을 이겨온 한 인간의 삶에 대한 경외심을 선물해 주었다.
'아낌없이 주는 나무'와 같았던
아버지에 대한 애절한 그리움까지 남겼다.

마음이 흔들릴 때

"마음을 함부로 가볍게 먹지 마라.
그러나 한 번 마음을 먹으면 변치 마라.
어떠한 어려움 앞에서도 절대 마음 흔들리지 마라.

참을 인(忍) 자를 보아라.
참는다는 것이 그렇게 쉽거나 가벼운 일이 아니다.
참는다는 것은 마음에 칼이 들어와도 흔들리지 않는 것이다!"

아버지께서는
늘 그렇게 말씀하시며,
'인내'를 강조하셨다.

새해 첫날에는 붓글씨로 「忍耐(인내)」라고 쓰신 적이 여러 번이셨다.
신문지 모아 두셨다가
밤새 「忍耐」를 쓰시던 아버지 모습을 잊을 수 없다.

10세 이전에는 장난치느라 바빠, 듣는 둥 마는 둥 하였다.
뭐가 뭔지도 모르고.
그런데도 아버지께서는 소의 귀에 경 읽듯 쉬지 않고 말씀하셨다.

10대에는 대충 건성으로 들었다.
"이미 한문시간에 「忍耐(인내)」라는 한자를 배워서 다 알아요."
그런데도 아버지께서는 왜 그런지, 처음 듣는 사람에게 말하듯 말씀하셨다.

20대에는 고개를 끄덕이면서, 듣는 척하며 속으론 딴생각했다.
'앞으로 컴퓨터시대, 빨리 변화해야지 그렇게 인내하다 오히려 뒤질 텐데.'
그런데도 아버지께서는 조금도 흔들림 없이 말씀하셨다.

30대가 되어 귀에 조금씩 들려오기 시작했다.
좌절과 고통을 겪어 보니까.
그때 아버지께서는 왠지 말씀을 줄이셨다.

40대가 되니 마음에 깊숙이 다가왔다.
견디기 어려운 어려움을 견뎌보니까.
그때 아버지께서는 아무 말씀 없이, 나를 그냥 묵묵히 바라만 보셨다!

50대가 되니 삶 전체로 느끼게 되었다.
지천명(知天命)을 넘어 하늘의 뜻을 느끼니까.
그런데 아버지께서는 더 이상 이 세상에 계시지 않는다…

새해마다 밤을 새워 「忍耐(인내)」를 쓰시던 그 모습을 뵐 수도 없고
나에게 '인내'를 말씀하시던 그 잔잔한 목소리를 들을 수도 없고
말씀 없이 나를 묵묵히 바라만 보시던 그 눈빛을 만날 수도 없는데

어떤 어려움 앞에서도
절대로 마음 흔들리지 말아야 한다는 메시지만 남아.
아, 그리운 아버지~

작은
나.
삶이 때로 힘에 겨워

수양버들 나뭇가지처럼 마음이 흔들릴 때에도
어디선가 찾아와 영혼을 일깨우며
고요하게 평정심을 선물하는 아버지의 메시지.

그리고 이제 조금씩 알아가게 되었다.
그때 묵묵히 바라보셨던 아버지의 눈빛이, 아파하는 자식보다 더 아프고,
그렇지만 참을 인(忍) 자로 자신을 이긴 눈빛이라는 것을!

다시 살아난 안중근 의사

고향에 가면,
붓글씨 족자 두 개가 벽에 걸려 있었다.

늘 '붓글씨 족자 두 개가 있나 보다'
그렇게만 지나치며 생각했다.

서당에서 한문을 정식으로 배우지 않고 학교에서 한글로 글을 배운 나는
붓글씨 족자 두 개로만 보였고, 그것이 무슨 내용인지 전혀 보이지 않았다.

오랜 나날 동안 족자 두 개가 벽에 걸려 있었어도
계속 붓글씨 족자 두 개, 그 이상의 어떤 의미로도 나에게 다가오지 않았다.

아버지 돌아가시고 난 뒤,
고향에 갔다.

마음이 이루 말할 수 없이
허전했다.

방에 놓여 있던 물건은 모두 아버지 계실 때 그대로인데,
아버지만 안 계신다!

'아~ 아버지는 어디로 가신 것일까?'
'아~ 아버지는 어디에 계신 것일까?'

텅 빈
방,

아버지 흔적이라도 느껴보듯,
모든 물건들을 찬찬히 바라보았다.

그러다 족자에 눈이 머물러,
고요한 마음으로 족자의 글자를 처음 읽었다.

「百忍堂中 有泰和」(백인당중 유태화)
「黃金百萬而 不如一敎子」(황금백만이 불여일교자)

「庚戌三月 於旅順獄中 大韓國人 安重根 書」
(경술3월 어뤼순옥중 대한국인 안중근 서)

여태까지 몰랐는데,
두 개 족자 모두 안중근 의사께서 뤼순 감옥에서 돌아가시기 전에 쓴 글씨!

百忍堂中有泰和
黃金百萬不如一敎子

찬찬히 한 글자 한 글자 읽어 가면서,
숨이 막히듯 소스라치게 깜짝 놀랐다.

두 족자의 내용은 바로,
평소 아버지께서 추구하시던 삶의 함축.

하나는 백 번 인내하는 중에 큰 평화가 있다는 뜻,
또 하나는 황금 백만 냥도 자식 하나 가르침만 못하다는 뜻.

아버지께서는 늘 '인내'를 기본 정신으로 하셨고,
열심히 일해 번 돈으로 '교육'에 온 힘을 쏟으셨다.

붓글씨는 안중근 의사께서 뤼순감옥에서 쓰시고 돌아가셨지만,
그 붓글씨를 쓴 마음과 늘 함께 살아오신 아버지.

안중근 의사의 글씨는 족자 형태 속의 검은 먹물에 갇혀 있었던 것이 아니라
아버지의 삶 속에서 더불어 살아 움직이고 있었다.

그리고
아버지께서 족자에 대해 아무런 말씀도 없이, 돌아가신 뒤

내 마음속 아버지를 통해,
뜨겁게 다시 살아난 안중근 의사!

죽을힘으로 살면

"장대비가 며칠 연이어 억수처럼 쏟아지는 장마철이었다.
다리를 지나며 보니, 하천이 급물살을 타면서 위험하게 불어나고 있었다.
그런데 다리 밑에, 한 여자가 아이들을 데리고 앉아 있었다.
깜짝 놀라서, 날래 다리 위로 올라오라고 소리를 쳤다.
조금만 더 지체하면 급하게 불어나는 물에 사람이 휩쓸려 갈 것 같았다.
그 여자는 눈물을 흘리면서,
아이들과 함께 차라리 지금 홍수에 떠내려가
죽어버리려 한다고 울부짖었다.
억지로 설득하여, 하천가에 잡초 풀더미를 헤치고 다리 위로 올라오도록
손을 내밀어 꽉 잡아 주었다.

그 젊은 여자와 어린아이들은 그렇게 일단 목숨을 건지게 되었다.
이야기를 들어 보니, 남편이 일찍 죽고 과부로 혼자 어린 자녀들을 데리고
먹고 사는 것이 너무 힘들어,
차라리 죽어버리려는 것이었다.
'그렇게 죽을힘으로 살면, 왜 살지 못하겠느냐?' 고 용기를 주었다.
그리고 칠성시장에서 노점상을 할 수 있도록 가판대를 마련해 주고
콩나물과 두부를 팔 수 있도록 필요한 장사 밑천을 그냥 대어 주었다!
그 여자는 칠성시장에서 새벽부터 밤까지 열심히 콩나물과 두부를 팔아,
자녀들 밥 먹이고, 올망졸망한 자녀들 키워, 나중에 전문대학까지 보냈다.
내가 칠성시장에 나가면, 가판대에서 벌떡 일어나 손을 잡으며 고마워했다."

"아이구, 그런 일까지 있었어요?
일가족이 죽지 않고 잘 살게 되어 정말 다행이네요."

"그래,
죽을힘으로 살면, 왜 살지 못하겠느냐?"

아버지 돌아가셨지만,
아직도 내 마음속에 쩌렁쩌렁한 아버지 목소리.

'죽을힘으로 살면,
왜 살지 못하겠느냐!'

암을 친구 삼아

평소에 항상 식사도 잘 하시고 소화도 잘 시키셨는데
갑자기 식사를 못하고 다 토하셔서 병원에 갔더니,
꿈에도 생각지 못한 위암이 너무나 많이 퍼져 있어
긴급히 위를 거의 다 절제해야 했다.
평균 수명을 훌쩍 넘긴 고령에, 위험한 수술을 할 수밖에 없었다.
그것이 아버지 일생에 열 번째 죽음에 다가간 일이 되었다.

위암 수술한 사람 같지 않게 매사에 적극적으로,
언제 암 수술 했느냐는 듯이 매사에 긍정적으로,
비록 식사를 예전처럼 못하셨어도, 아버지께서는 예전과 전혀 다름없이
끊임없이 선행을 찾아 힘쓰며, 의미 있고 보람되게 지내셨다.
위암 수술 후 정기 검사를 받을 때마다,
연세 드셨는데도 어쩌면 이렇게 수술 회복이 잘 되는지 주치의가 감탄했다.

한번은 고향에 내려갔더니, 아버지께서 온 얼굴이 싱글벙글하셨다.
"팔공산 꼭대기 동봉까지 거뜬히 갔다 왔다."
" 예? 젊은 사람도 가기 힘든 곳인데, 너무 무리하신 것 아니에요?"
80세 연세에 아버지께서는 암세포와도 친한 친구가 되어,
팔공산 정상인, 해발 1,167m 동봉을 무쇠강철 같은 정신력으로 다녀오셨다.
그리고도 감사하게 15년 이상을 더 사셨다. 암세포를 친한 친구삼아!

하면 된다

사선을 넘고 넘어 피난 와서, 맨주먹으로 죽을 고생하신 아버지,
고생이 무언지 아무것도 모르는 어린 나에게
두 주먹을 불끈 쥐고 빛나는 눈빛으로 늘 말씀하셨다.
"하면 된다. 안 하니까 안 된다."

90세 넘어 뇌졸중으로 쓰러진 아버지,
열세 번째 죽음의 고비를 맞으셨다.
어느덧 흰머리가 돋은 나,
눈물범벅 콧물범벅이 되어,

들으시는지 못 들으시는지,
눈 감은 아버지 귀에 대고 온몸으로 외쳤다.
"아버지께서 늘 말씀하셨잖아요.
'하면 된다. 안 하니까 안 된다!' 고…"

그 비통한 절규를 들으셨는지, 아버지께서는 스르륵 눈을 뜨셨다.
주위의 암울한 절망과 달리, 몇 달 뒤에 육중한 몸을 지탱하며 일어나셨고
후들후들 두 다리를 디디고 서서, 힘들지만 다시 걸음을 뗄 수 있었다.
그것은 기적이었다!

아버지께서 말씀하셨다.
"하면 된다. 안 하니까 안 된다."
그렇게 소학교 때 배운 것을 아버지께서는 일생 동안 실천하셨다.
열 번 이상 죽을 고비마다.

부모님의 보호막 속에서
나는 죽을 고비가 한 번도 없이 안락하게 살아왔다.
일제 강점기를 겪은 것도 아니고,
6·25 전쟁에 피난길을 온 것도 아니다.

죽을 고비가 없었기에,
죽을 고비를 이겨보지 못해 나약한 나.
참으로 소소한 일에 실망하여,
죽고 싶은 기분을 너무나 가볍게 가진다.

10대에는 원하는 성적이 안 나와서 죽고 싶은 기분,
20대에는 원하는 대학에 못 가서 죽고 싶은 기분,
30대에는 원하는 직장의 서류심사에 계속 떨어져서 죽고 싶은 기분,
40대에는 인간관계가 원하는 대로 안 되어서 죽고 싶은 기분,

하면 될 일도 안 된다고 생각하고 안 한 일이 얼마나 많은지…
가까이에서 기적을 보여주셨던 아버지.
이제 아버지 돌아가신 지 3주기가 지났어도, 여전히 생생하게 살아계신 말씀.
"하면 된다. 안 하니까 안 된다!"

하루에 1,500번

간병인이 평일에만 오기 때문에
주말은 형제자매가 서로 순서를 정해, 고향의 아버지를 찾아뵈었다.
휠체어를 타고 밖으로 나가서 국립대구박물관 담벼락 쇠창살을 붙들고
좀 더 힘이 나시는 날은 대구월드컵경기장까지 가서 쇠창살을 붙들고
휠체어에 앉아 쉬며,
길에서 소변을 통에 받아가며!
비틀비틀 걷기 연습했다.

밖에서 걸을 수 있는 체력을 만들기 위해,
집에서 쉬지 않고 운동을 하셨다.
하루에,
손뼉 치기 1,500번
500g 아령 들었다 놓았다 하기 1,500번
안마 방망이로 머리 두드리기 1,500번
휠체어에 앉아서 다리 흔들기 1,500번…

처음에는
하루에 한 번,
두 손바닥 정확하게 맞추어 치기도 참 어려우셨는데,
하루에 10번
하루에 50번
하루에 100번
몇 년 뒤에는 하루에 1,500번.

매일 아침 아버지께 전화해 같이 목표 정하면,
힘들어도 그대로 실천하셨다.
어제 각 종목별로 몇 번씩 하셨는지 확인을 하고,
내가 어릴 때 잘 못해도 "영신이 최고!"라고 힘차게 박수를 쳐 주셨듯이
이제 흰머리 돋은 내가 "아버지 최고!"라고 힘차게 박수를 쳐 드리고,
오늘은 각 종목별로 몇 번씩 하실지
"깔깔" "껄껄" 웃으며 의논했다.

매일매일 우리는 비장하게, 조금씩 조금씩 횟수를 늘려 나갔다.
그리고 매 순간 매 순간 아버지께서는 처절하게 실천하셨다.
매일 아침 딸과의 약속을 지키기 위해,
티끌 모아 태산을 만드셨다.
하루 한 번도 어려웠는데,
종목별로 1,500번 놀라운 횟수가 그렇게 가능했다.
그것은 아버지의 눈물겨운 정신 승리였다.

종목별로 1,500번씩 하시게 된 어느 날 대구에 갔더니,
덤덤히 말씀하셨다.
"앞으로 열심히 운동해서 간병인 없이 혼자 뒷산에 올라가는 것이 목표다!"
의사선생님께서 돌아가실 것이라고 결론 내렸던 상황을 이겨는 냈지만,
그러나 이 세상 누가 보아도
산에 올라가는 것이 불가능해 보이는데,
무리하게 횟수를 올려 드리는 나도 말문을 잃을 목표를 설정하고 계셨다.

보조기 잡고 걸음 떼기도 어려운데, 산에 올라가겠다는 아버지의 목표설정은,
그 강인한 의지력 넘치는 표정은,
나의 삶에 참으로 큰 도전이 되었다.
나는 보조기 없이 잘 걸어도 작은 언덕조차 오르겠다는 목표설정이 부족하다.
그리고 조금만 숨 가빠도 가다 쉬다 하다가,
때로는 가기를 멈추는데
아버지께서는 새벽부터 밤까지, 불편한 몸을 이끌고 쉬임없이 노력하셨다.

쥐와 장독

"옛날 내가 어릴 때, 평안남도 평원군 고향에는 쥐가 참 많았다.
보통은 쥐를 잡았지만, 때로는 쥐를 잡지 않았지."

"어휴~ 아버지,
더러운 쥐를 잡아야지, 왜 잡지 않으셨어요?"

"장독을 깨지 않기 위해서!"
"…"

아버지께서 일하시던 시골 과수원 집 지붕 위에는
쥐가 대가족을 이루었는데,

이제 내가 사는 도시 아파트 지붕에는
단독으로 거주하는 쥐도 없다.

그래도 아버지께서 옛날에 하신 말씀,
자주 생각나는 것은

내가 때로 쥐를 잡으려고 장독 깨는 일을 하고 있음을
문득문득 발견할 때.

얄미운 쥐가 있을 때
잡을 수 있어도 쥐 잡다가 장독 깨는 실수를 하지 않도록,

더 중요한 것 잊지 말고,
지혜롭게 살기 바란 아버지의 간절한 마음!

쥐를 쫓는 지혜

"찌는 듯한 삼복더위 땡볕에서, 하루종일 허덕이며 일하고 나니
저녁 무렵 온몸이 가눌 수 없이 피곤하여, 과수원 집에 눕자마자 잠들었다.
세상모르고 그렇게 깊이 잠들었는데,
갑자기 발뒤꿈치를 꽉 깨무는 것이 있어
깜짝 놀라 잠을 깼지.
눈을 떠 보니, 쥐가 발뒤꿈치를 깨물고는 방을 가로질러 휘익 가고 있었다."

"어휴~ 끔찍해. 그래서 어떻게 하셨어요?"
"날쌘 쥐를 잡느라 이리 뛰고 저리 뛰고 애쓰기보다
천천히 일어나 집 앞마당에 쌀을 흩어 뿌려 두었다.
그다음부터 잠자기 전에는,
앞마당에 나가 쌀을 조금씩 뿌리고 잤더니
쥐가 와서 나를 깨무는 일이 없어졌다!"

나는 쥐에게 발뒤꿈치를 깨물려 본 적도 없고
쥐를 쫓은 적도 없지만,
인생의 어려움에 마음이 어지러울 때마다
아버지께서 들려주신 쥐 쫓은 이야기를 상기하며,
내 앞의 크고 작은 어려움들을 쫓아내는 지혜를
아버지 이야기 속에서 진정으로 배웠다.

아버지께서 들려주신 쥐 쫓은 이야기는
짧디짧았지만,
내 마음속
아버지의 이야기는
두고두고 일생 동안
기나 긴 여운으로 남았다.

아버지께서 돌아가시고
안 계신 지금도,
내 마음속
아버지의 이야기는
살아 있다.
끝없이 샘솟는 지혜의 샘물처럼!

힘 빼고 기다리기

아버지께서는 열 번 넘는 죽음의 고비를 어떻게 넘겼는지 늘 들려주곤 하셨다.
죽을 뻔한 이야기들은 아슬아슬하여 자꾸 들어도 졸리지 않고 재미있었다.
"아버지, 네 번째로 죽을 뻔한 이야기, 또 해 주세요~"

"10대 때의 일이다. 친척이 놀러와, 보통강 강가에 미역 감으러 가자고 했다.
놀다가 보니, 헤엄 못 치는 친척이 물에 빠져 발버둥치는데 죽게 되었다.
깜짝 놀라, 살려야겠다는 생각만으로 황급히 물에 뛰어들었다.

친척이 가만히만 있으면, 붙잡고 헤엄쳐서 충분히 물가로 끄집어내겠는데
갑자기 내 목을 콱 움켜쥐니, 목이 졸려 도저히 헤엄을 칠 수 없었다.
결국 나도 점점 앞이 노오랗게 되면서, 숨이 막혀 같이 죽게 되었다.

그 순간, 친척이 먼저 물에 빠져 몸의 힘이 빠진 상태이므로
힘들지만 조금만 참으면, 친척이 먼저 기절할 것이라는 생각이 언뜻 들었다.
그래서 같이 발버둥을 치지 않고, 죽은 사람처럼 힘을 완전히 빼고 참았다!

최대한 힘을 낭비하지 않고, 목이 졸린 채로, 그냥 둥둥 떠서 기다렸다.
점차, 나를 움켜잡은 친척의 손에 힘이 빠지며, 정신을 잃는 것이 느껴졌다.
그때 죽을힘을 다해, 친척을 물 밖으로 끌고 나와, 결국 둘 다 살았다."

어쩌면 그렇게 급박한 순간에도 혼비백산하지 않고 그런 생각이 들었을까?
아버지의 네 번째 죽을 뻔한 이야기는
10대가 아니라 50대인 나도, 쉽게 넘을 수 없는 경지를 보여 주었다.

살기 위해 허둥지둥 대며, 친척에게 목이 졸린 처음부터 힘을 다 썼으면
물속에서 탈진하여 친척과 함께 죽었을 텐데
힘을 최대한 빼고 기다리는, 순발력 있는 판단이 위기에서 목숨을 건졌다.

나는 늘
힘을 다하는 것이 강하다는 생각을
무의식적으로 갖고 있었다.

그런데 때로는 최대한 힘을 빼고 기다리는 것이 훨씬 더 어려운 일이고,
일을 이루기 위해
그러한 강약의 조절이 더 중요함을 진정 배우게 되었다!

정정당당하게 대문으로

“개인주택에 살 때의 일이다. 그때 아홉 번째 죽을 뻔한 일이 있었다.
밤에 잠을 자고 있는데, 어디서 부스럭부스럭하는 소리가 나서 잠이 깼다.
잘 들어 보니, 거실에 도둑이 들어와 있다는 것을 알게 되었다.
옆을 보니, 네 오마니는 도둑이 들어온지도 모르고 편안히 자고 있었다.
‘어떻게 할까?’ 급박하지만 누운 채 순간적으로 마음을 가다듬고 생각했다!

‘가만히 있어 볼까?’ 도둑이 거실의 물건만 갖고 간다면
가만히 있는 것이 사람도 다치지 않고 제일 좋을 것 같았다.
‘아니야, 나가 보아야겠다.’ 만약 가만히 있다가 도둑이 안방으로 들어오면
심장 약한 네 오마니가 깨어 놀라서 비명이라도 지르면
도둑이 흉기를 갖고 있을지도 모르고, 엉겁결에 사람을 다치게 할 수 있다.”

“그래서 어떻게 하셨어요?”

“네 오마니가 깨지 않도록 숨을 죽이고 일어났다.
지난번에 만났을 때 네가 준 돈을, 항상 비상금으로 농에 넣어 두었는데
그 돈을 조용히 농에서 꺼내 봉투째 그대로 들고
사알짝 안방 문을 열고,
천천히 거실로 나갔다.”

"도둑하고 마주쳤어요? 도둑이 아버지를 해치지 않았어요?"

"도둑이 나를 보더니,
나보다 도둑이 더 소름 끼치게 기절할 것처럼 놀라더라.
커튼 사이로 달빛이 은은한데, 도둑이 든 날카롭게 번득이는 칼이 보였다.
나는 손으로 입을 다물라는 표시를 하면서, 침착히 거실의 소파에 앉았다.
그리고 도둑에게 맞은편 소파에 와서 앉으라고 편안히 손짓했다!"

"으악~ 그래서 어떻게 되었어요?"

"네가 '부모님께'라고 쓴 봉투에 든 돈을 통째로 탁자 위에 놓으면서 말했다.
'이것은 그동안 우리 딸이 우리 늙은이들 쓰라고 준 용돈이네.
비상금으로 갖고 있던 것인데,
자네에게 다 주니, 이걸 갖고 조용히 가게.
안방에 자는 집사람 심장이 약해, 자네가 온 것을 알면 놀라니까.'"

"나 같으면 기절했을 텐데, 그 상황에서 그렇게? 그 뒤에 어떻게 하셨어요?"

"도둑의 눈빛은 달빛 아래
여전히 날카롭게 번득이고 있었다.
'보아하니 젊은 사람 같은데, 젊은 사람이 이렇게 살아서 되겠나?
꼭 긴급히 필요한 돈이 있으면, 내가 준비해 두었다가 더 줄 테니
앞으로 밤보다는 낮에 열심히 살도록 하게'라고 몇십 분 동안 말했다."

"그렇게 말했더니 도둑이 어떻게 했어요?"

"자식처럼 생각하고 안타까운 마음으로, 진정을 다해 말하니까
나중에는 도둑도 마음이 깊이 움직였는지, 고개를 푹 숙이고 듣더라.
'그럼, 지금은 이 봉투를 갖고 날래 가 보게' 라고 말했다.
도둑이 봉투를 낚아채더니,
들어왔던 화장실 쪽문으로 도망쳐 나가려 했다."

"그래서 가만히 계셨어요?"

"'그런 쪽문으로 숨어 다니지 말고, 정정당당하게 대문으로 나가게.
그리고 앞으로는 정정당당하게 살도록 하게!' 라고 말하고
잠겨 있던 거실 현관문을 열어주고
앞서 나가 대문을 열어 주고,
대문을 통해 정식으로 나가게 하였다."

나는 아파트 고층에 살아서인지 아직 집에 도둑이 든 경험이 없다.
만약 자는데 도둑이 들어와 잠이 깼다면 '도둑이야' 소리 지르지 않는다 해도
속으로 사시나무 떨 듯하면서, 겉으로는 쥐죽은 듯 가만히 누워서
자는 척, 마비된 심장처럼 얼어붙어 꼼짝 못하고 있었을 것이다.

비록 농사를 지었지만, 한평생을 당당하게 살아온 아버지.
항상 정정당당하셨기에
위기 상황에서도 '정정당당하라'는 말씀을 하셨다.
도둑의 마음에도 두고두고 남았을 말씀.

나는 화장실 열린 쪽문으로 숨어다니는 도둑은 아니지만
도둑놈 같은 심보가 털끝만큼이라도 발동할 때면,
"정정당당하게 살아라"는 아버지 말씀! 지금도 서릿발처럼 카랑카랑하게
비굴해지려는 마음속, 심장 저리게 울려 퍼지고

내가 그렇게 촐랑대는 사람은 아니지만
뜻밖의 상황에 당황스러울 때면,
달빛 아래 마주앉아, 칼 든 도둑을 감화시킨 아버지의 침착하심.
지금도 쩌렁쩌렁하게 느껴지는 것 같다.

내 인격 도야가 어느 정도 되어야 할지 구체적인 모습을 말하라고 한다면
밤중에 갑자기 흉기 든 도둑이 들어와도, 침착히 대처하고 인격으로 감화시켜
새사람을 만들어 대문 밖으로 내 보낼 수 있는 모습이라고 말하고 싶다.
심장이 콩알만한 나는, 아직 그 단계에 전혀 이르지 못하였다.

산도적을 만나면 산도적처럼

"아버지, 그동안 살면서 또 도둑을 만난 적은 없었어요?"

"내가 스무 살이 채 안 된 청년 때의 일이었다.
할머님 댁에 가려면 큰 산을 몇 개 넘어가야 했다.
그 당시에 산도적이 나와, 물건도 뺏고 사람도 죽였다는 소문이 파다했다.
그렇지만 일을 마치고 할머님 생신에 가야 되어서 할 수 없었다.
어둑어둑 해 지는 산을 혼자 넘어가는데, 저쪽에 덩치 큰 사람이 나타났다.
산도적인 것을 한눈에 알아보았다.
'이제는 완전히 죽었다' 싶어서, 온몸에 식은땀이 줄줄 흘러내렸다.
이것이 내 인생에 다섯 번째 죽을 뻔한 일이었다.
아찔했지만, 나도 같이 산도적이 되어야만 살 수 있다는 생각이 번뜩 났다.
그래서 도망치지 않고, 보통 걸음 속도로 서서히 산도적을 향해 갔다!"

"그래서 어떻게 되었어요?"

"산도적에게 먼저 편안하게 말을 건넸다.
'자네도 산에서 사는구먼. 자네는 산에서 산 지 얼마나 되었나?
나도 먹고살기가 너무 어려워서, 이렇게 산에서 살게 되었는데…'
속으론 떨렸지만 겉으로 태연히 다가가니, 산도적이 경계를 약간 늦추었다.
그렇게 말하며 계속 걷던 속도로 걸어가니 산도적도 옆에 같이 걷게 되었다.
'나는 그동안 여러 사연으로 이렇게 산에 들어와 살게 되었네.
그런데 자네도 나와 처지가 같아 보이는데, 어쩌다 산에서 살게 되었나?'
서로 주거니 받거니 대화를 하면서 걸었다. 산도적의 걸음 속도를 잘 보면서
더 가까워지지 않게 일정 거리를 자연스럽게 유지하였다!"

"그다음에 어떻게 되었어요?"

점차 시간이 지날수록, 산도적은 마음을 턱 놓는 것 같았지만
나는 계속 일정 거리를 유지하느라, 얼마나 신경을 썼는지 모른다.
주위가 어두워졌는데, 할머님 댁 가는 길 방향으로 산속을 계속 걸었다.
눈치채지 않도록 천천히 산길을 걸어가며 대화하는 동안
산도적이 마음을 터놓고, 자신의 힘들었던 인생에 대해 이야기하였다.
점차 산을 내려가면서, 할머님 댁이 있는 마을로 가까이 가고 있었다.
산도적에게 '나는 늦었지만 깨달은 바가 있어, 산에서의 생활을 청산하고
지금부터라도 새사람이 되어, 밝은 세상으로 내려가 살려고 하네.
그래서 이제 저 마을로 가려고 하는데
자네도 친구가 되었으니, 나와 같이 그렇게 하지 않겠나?' 라고 물었다."

"그랬더니 산도적이 뭐라 했어요?"

"산도적이 한참을 말없이 걷더니, '나는 그냥 산에서 계속 살겠네'라고 했다.
산에서 도망쳐 뛰어내려도 산도적에게 붙잡히지 않을 만한 위치가 되었기에
'그럼, 참으로 섭섭하지만, 어쩔 수 없이 우리 여기서 헤어지세.

자네는 다시 산으로 올라가 살고, 나는 이제부터라도 마을로 내려가 살겠네.'
말하고는 아쉽게 손을 흔들고 헤어져서, 계속 같은 속도로 천천히 걸어갔다.
걸어가다가 뒤를 보았더니 산도적도 뒤를 돌아보아, 손을 흔들어 주었다.

가다가는 돌아보고, 가다가는 돌아보고
여러 번 뒤돌아보면서, 편안히 손을 흔들어주니
산도적도 멀어질 때까지 아쉬운 듯 손을 흔들었다!

그렇게 산도적과 헤어져 충분한 거리가 확보된 것을 완전히 확인한 뒤에
걸음아 날 살려라 하면서,
죽을힘을 다해 마을로 뛰어 내려왔다."

"아, 결국 산도적에게 안 붙잡혔군요."

"할머님 댁 대문을 열고 뛰어들어가 대청마루에 쓰러져 정신을 잃었다.
할머님께서 '이게 웬일이냐?'고 놀라시며 간호를 해서 나중에 깨어났다.
깨어나서 보니, 바지가 온통 오줌이었다."

학교도 안 다니던 어린 나이에, 아버지 무릎에 앉아 들으며 오싹오싹 떨었다.
'아버지도 참 무서웠겠다'고 생각했다.
그리고 한편 재미있다고도 생각했다.
'나만 이불에 오줌 싸는 것이 아니라 아버지도 오줌싸개였구나' 하면서.

조금 더 커서 국민학교 다닐 때, 산도적이 없는 시대에 살았던 나는
'산도적이라는 것이 있었다니
동화책에나 나오는 이야기가 아닐까?'
잘 믿기지 않았다.

아버지께서는 산도적을 만났던 충격적인 이야기를 수백 번도 더 반복하셨고
돌아가시기 얼마 전 휠체어 타고 산책 나갔을 때에도 더듬더듬 말씀하셨다.
그것은 딸이 어릴 때 심심풀이로 들려준 옛날 옛적 전래동화가 아니라
뼛골까지 오싹했던 아버지의 죽을 뻔한 경험!

"산도적을 산에서 만났을 때
당황하지 않고
산도적과 같은 입장이 되어서 살아났다!"
그 말씀이 갈수록 큰 무게로 다가오기 시작했다. 헤아릴 수 없는 무게로.

산도적을 만났을 때
무서워서 도망갔으면 붙잡혀서 돈도 뺏기고 산속에서 죽었을 텐데
같은 산도적인 것처럼 상대방의 입장에 서서 대범하게 대처하여
목숨을 건질 수 있었던 아버지.

아버지께서는 그 이야기를
왜 그렇게 나에게 수없이 반복하셨을까?
휠체어에서 온몸을 가누기도 힘드신데
딸의 소심함을 아시는 아버지.

이제 산에 산도적은 없지만
삶의 예기치 않은 위기에도
세상을 대처하는 또 하나의 지혜를
유산처럼 물려주시고 싶었던 것일까?

언제 닥칠지도 모르는
인생의 수많은 예측되지 못한 위험들,
돌아가시고 나서도
수호신처럼 지켜 주시고 싶었던 것일까!

뜨개질 월사금

"소학교 다닐 때
비나 눈이 와서 산에 나무하러 가지 못하는 날에는, 짚신을 꼬아 만들었다.
학교 갈 때는 짚신이 닳을까봐 옆구리에 차고, 그 먼 길을 맨발로 가다가
학교 근처쯤 도착해서, 친구들이 하나씩 둘씩 보이기 시작하면
옆구리에 차고 있던 짚신을 풀어서, 신고 걸어갔다.

집안이 점점 어려워져, 낮에는 하루종일 산에 가서 나무를 하고
밤에는 밤새도록 짚신을 삼아, 많이 갖다 팔아도
때 끼니조차 이을 수 없게 되니, 4학년 때 결국 소학교를 그만두어야 했다.
몇 달이나 오래 밀린 월사금이 없어, 잠 못 이루며 걱정하시는 부모님을 보고
아바지 오마니께 학교를 그만두겠다고 말씀드렸다.

학교에 가서 오명환 담임선생님과 친구들에게 마지막 인사를 하고
교실 문을 닫고 나오는데, 꾸욱 참았던 뜨거운 눈물이 주르르륵 흘렀다!
월사금이 없어, 학교에 올 수 없다니.
친구들은 교실에서 공부하는데, 혼자 교문을 향해 걸어가며 결심을 했다.
'나중에 결혼해서 자식 낳으면 무슨 일이 있어도 끝끝내 공부시키겠다'고.

눈물을 흘리며 교문을 나서는데, 갑자기 이런 생각이 들었다.
'아무리 공부를 배우고 싶어도 이제부터는 학교에 올 수도 없는데,
그래도 학교의 어른이신 교장선생님께 가서
마지막 인사는 드리고 떠나야 마땅하다!'
그래서 눈물을 북북 닦고, 다시 운동장을 가로질러 교장실로 걸어갔다.

교장선생님께 월사금이 너무 밀려 오늘로서 학교를 그만두게 되었다고 하고
그동안 학교에서 많이 배웠고, 감사했다고, 눈물로써 마지막 인사를 드렸다.
교장실 옆 사택에 사시던 사모님께서, 우연히 교장실 창문 밖에서 보시고
뜨개질해서 팔아서라도, 어떻게 해서든 박군의 월사금을 대신 내어 줄 테니
학교를 계속 다니게 해 달라 하셨다. 나도, 사모님도, 교장선생님도 울었다.

그래서 기적처럼 다시 소학교를 다니게 되었다.
신세를 져서는 안 된다는 생각이 들었지만, 내가 월사금을 벌 길이 없었다.
교장선생님과 사모님 은혜를 갚기 위해, 꽃밭을 가꾸어 드리겠다고 했다.
소학교를 졸업할 때까지, 매일 수업이 끝나면 사택 정원에 가서 일을 했다.
강한 돌풍이 부는 날, 눈에 흙이 들어가도 고개 한 번 안 들고 호미질했다."

아버지께서는 돌아가시기 전까지, 이 눈물의 월사금 이야기를
수백 번도 더 말씀하셨다. 내가 어릴 때만이 아니라 어른이 된 이후에도.
모든 일에 진실한 마음으로 성의를 다해 예의를 갖추어야 하며
신세 진 일은 반드시 은혜를 갚도록 노력하고
그렇게 사람의 도리를 다해야 한다고.

쌀가마를 지고

아버지께서는 근면하게 농사를 지어, 우리들을 힘닿는 대로 교육시켰다.
봄에는 씨 뿌리고, 여름에는 뙤약볕 아래 땀 흘리며 1년 동안 일해서,
가을에는 쌀도 수확하고 사과도 따셨다.

"가장 첫 번째 수확한 좋은 쌀 한 가마와 싱싱한 사과 한 상자는
시장에 팔지 않고!
너희들 선생님께 갖다 드렸다."

이 이야기는
내가 오십 살이 훨씬 넘어,
아버지 휠체어를 끌며 처음 들었다.

일생 동안 자녀 교육을 가장 중요하게 생각하셨던 아버지.
1년 농사해서 처음 수확한 최상품 쌀과 사과를
시장에 팔지 않은 마음.

감사하고 존경하는 분에 대한 성의,
예의,
그리고 사람의 도리.

아버지 바깥바람 쐬어 드리려, 휠체어를 밀며 어슬렁어슬렁 동네 한 바퀴.
나무 그늘에 멈추어 편안히 쉬며, 도란도란 나눈 약 50년 전 뜻밖의 이야기.
"쌀이 무거운데 어떻게 갖고 가셨어요?"

"쌀가마가 무거워서 선생님 댁 앞까지는 지게꾼에게 지워서 갔다.
그리고 문 앞에서 지게꾼을 돌려보냈다.
초인종을 눌러 문이 열리면, 문에서 마루까지 직접 쌀가마를 지고 옮겼다."

" 예?
기왕에 운반비를 준 지게꾼에게 마루까지 지어다 달라고 하면 되는데,
왜 쓸데없이 힘들게 아버지께서 직접 지고 가셨어요?"

"쌀이 중요한 것이 아니라,
내가 땀 흘려 고생해서 농사지은 첫 수확을, 팔지 않고 갖다 드린다는
마음의 성의가 중요하다!

직접 쌀가마를 지고 가면 가장 성의 있는 일이나
힘들어 지게꾼에게 지웠지만, 최소한 문에서 마루까지라도 직접 지는 것이
나의 1년 농사를 통해 진정한 성의를 표현하는 길이라고 생각했다."

진정한 성의를 갖는 마음,
성의를 진정으로 표시하는 방식.
내가 잃어가는 것들을 비추어 보게 된, 어슬렁어슬렁 동네 한 바퀴 이야기꽃.

양복을 입고

대구에서 개최되는 행사에 참석하게 된 제자들이
대구 간 길에 우리 부모님을 찾아뵙겠다고 전화 드리고
아파트 입구에 도착했더니,
90세가 넘은 우리 아버지께서 양복 윗도리를 입으시고
아파트 1층 현관 입구에 서서 기다리고 계셔
깜짝 놀랐다고, 나중에 전해 들었다.

그 말을 전해 듣는 순간, '역시, 우리 아버지.'
손님이 온다고 약속을 했을 때,
나는 방 안에서 내 볼일을 바쁘게 보다가
초인종이 울리면, 그때야 헐레벌떡 뛰어가 문을 연다.
아버지께서는 아파트 1층 현관 앞에, 옷을 갖추어 입고 기다리시다가
반가운 마음으로 만나, 집으로 모시고 함께 들어오셨다!

그 몇 분 또는 몇십 분의 작은 차이는 하늘땅 차이.
그것은 시간의 차이가 아니라 삶의 차이.
그것은 표현의 차이가 아니라 마음의 차이.
그것은 양의 차이가 아니라 질의 차이.
그것은 형식의 차이가 아니라 내용의 차이.
그것은 방법의 차이가 아니라 근본의 차이!

나는 오로지 내 일이 바쁜 사람이고,
아버지께서는 다른 사람을 먼저 배려하시는 분이다.
나는 내 편의 위주로 사는 사람이고,
아버지께서는 다른 사람에 대한 예의를 갖추시는 분이다.
나는 마음에서 우러나오는 성의가 부족한 사람이고,
아버지께서는 다른 사람을 진정으로 존중하시는 분이다.

아버지로부터 예를 갖추는 정신을 배우기로 했다.
옷을 갖추어 입고 미리 1층 입구에 나가 서 있지는 못할망정,
오신 손님이 가실 때에는 반드시 1층 입구에 나가
차를 탈 때까지 배웅하기로 했다.
작지만 그러한 형식과 표현을 통해,
진정한 감사와 예를 갖추는 마음을 담아 나가기로 했다.

예의란 아랫사람이 윗사람에 대해 갖추어야 하는 것으로 생각했는데,
아버지께서는 윗사람이 아랫사람에 대해 지켜야 하는 예의를 보여주셨다.
아버지께서는 딸인 나도 한 인격체로 존중해 주심으로써,
인간으로서 지켜야 하는 예의의 차원을 넓게 열어 주셨다.
예의를 진정성 있게 표현하는 것의 중요성을 깨우쳐 주셨다.
그리고 삶 속에서 어떻게 실천해야 하는지, 구체적인 방법을 보여 주셨다!

은혜 갚은 다람쥐

"아버지, 지난번 전화로 말씀하신 최근 죽을 뻔한 이야기, 빨리 해 주세요."

"그래, 얼마 전에도 죽을 뻔한 일이 있었다.
장마철이라 장대비가 계속 많이 왔다.
그래서 산을 며칠 못 가다가,
잠시 날이 걷혀
만촌동 뒷산에 아침 일찍 운동을 하러 갔다.
운동도 운동이지만,
비가 계속 와서 다람쥐들이 먹을 것이 없을 것 같아서
수박껍질이랑 다람쥐 먹이를 비닐에 넣어 묶어서 갖고 갔다!
그런데 오랜 비로 지반이 약해져서 좁은 산길의 진흙에 미끄러지면서
산 아래 시멘트로 된 방공호에 빠졌다.
경사진 곳으로 굴러떨어졌기 때문에,
시멘트에 머리를 직접 강하게 부딪쳤으면
그 자리에서 즉사했을 것이다.
그것이 내 인생에서 열두 번째로 죽을 뻔한 이야기다."

"그런데 어떻게 살아나셨어요?"

"90가까우니
굴러떨어지면서 정신을 완전히 잃었다.
얼마 지났는지 알 수 없는데,
정신이 들어 보니 해가 중천에 떠 있었다.
내가 걷던 산길은 저 위에 있고,
나는 시멘트 방공호에 몸이 꽉 끼어
누가 붙잡아 꺼내주지 않는 한,
옴짝달싹할 수 없게 되었다.
다람쥐 주려고 들고 가던 비닐봉지에 넣은 다람쥐 밥이
굴러떨어질 때 방공호 시멘트와 내 머리 사이에 끼어 있었다.
그렇게 머리를 보호해 주었기 때문에,
머리가 깨지지 않고 살게 되었다.
장맛비 때문에 오랜만에 가다 보니,
갖고 간 다람쥐 밥이 매우 많았었다.
내가 몇 년 동안 산에 다람쥐 밥을 정성껏 갖다 주었는데,
다람쥐 밥이 위기에서 내 생명을 구했다.
그렇게 다람쥐 덕을 입었다!
물론 다람쥐가 뜻하지는 않았지만,
결과적으로 보면 은혜를 갚은 셈이다."

"그럼, 온몸이 끼인 시멘트 방공호에서는 어떻게 나오셨어요?"

"나중에 지나가던 등산객들이 방공호에 끼어 있는 나를 우연히 발견하고
붙잡아 꺼내 주어 살아나게 되었다.
그런데 그때는 바로 병원에 가느라 경황이 없어서,
방공호에서 꺼내 준 사람이 누구인지도 몰랐고
연락처도 받아놓지 못했다.
나중에 한참 지나 몸이 회복되고 안정된 뒤에
산에 가서 등산 오는 사람들마다 붙잡고,
산골짜기 떨어진 노인을 구해 준 사람에 대한 이야기를 들은 적이 있는지,
구해 준 사람이 누구인지를 아는지,
애타게 알아보았다.
그래도 찾을 수 없어,
주변의 복덕방들을 찾아다니며 계속 수소문하였다.
그렇게 몇 달을 노력하다,
몇 사람 통해, 산에서 구해 준 사람을 찾아내었다!
그 사람을 만나 중국집에서 식사대접을 잘 하고,
성의를 다해 사례를 했다.
처음에 그 사람은 당연히 해야 하는 일이라고 한사코 안 받겠다고 했지만,
생명의 은인인데 은혜를 갚아야 한다고 하며,
간곡히 전해 드렸다."

사과 한 상자

"살아가면서 신세 진 분들께 사과 한 상자씩 갖다 드려라!"
임종을 앞두고 아버지께서 남기신 이 말씀은 나를 크게 부끄럽게 했다.
병원 아버지 침대 옆에 서서 고개를 떨구었다.

인생의 고비 고비 신세 진 분들이 많은데,
그 고비를 지나고 나면, 또 다른 일들이 계속 너무나 다급하고 바빠서
고마운 분들의 신세를 잊고 살았다.

아니 잊었다기보다,
기억하지만 갚지 못하고 살았다.
아버지께서는 신세 진 분들의 은혜를 잊지 말라는 말씀을 남기셨다.

늦었지만,
남은 삶 동안,
살아오며 신세 진 분들께 은혜를 갚아 나가야겠다.

아버지 말씀대로, 흔한 사과 한 상자라도 좋다.
내가 은혜를 잊지 않고 있다는, 사람의 도리를 중시하는
진정한 마음이 담겨 전달된다면, 물질의 크기는 중요하지 않다.

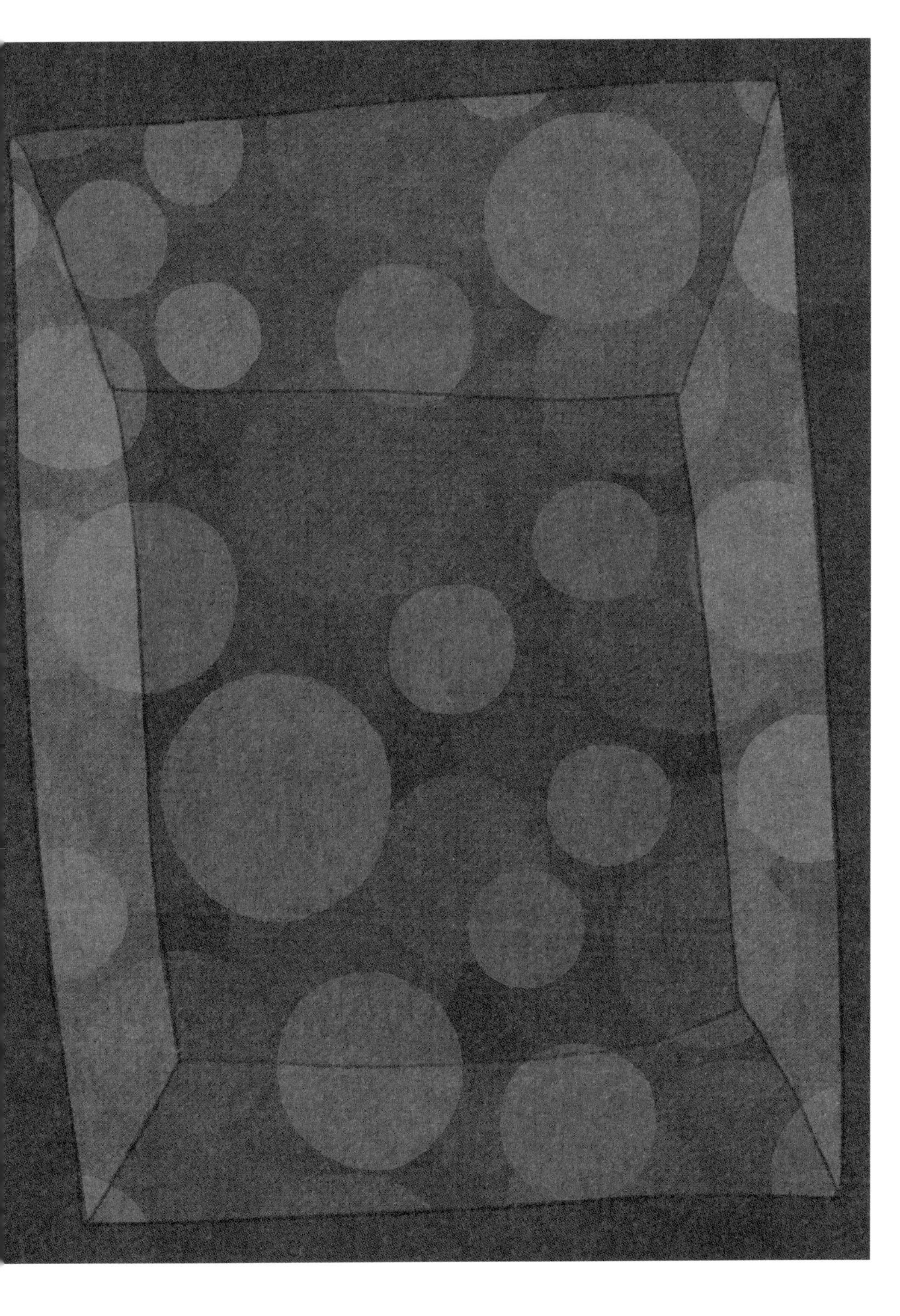

계란, 돌, 쇠뭉치

"네가 선생인데, 그 역할을 제대로 한다는 것은 참 어렵고 중요하다!"
아버지께서는 만날 때마다 말씀하셨다.

"아버지의 선생님 중에 생각나는 분 있으세요?"
"소학교 때 조명근 담임선생님이 계셨는데, 어느 날 이렇게 말씀하셨다.

'너희들이 앞으로 일생을 살아가다 보면
지금은 상상도 못할, 뜻하지 않은 여러 어려움들을 만나게 될 것이다.

어려운 상황에 처했을 때는 내가 계란인가, 돌인가, 쇠뭉치인가를
먼저 신중히 잘 판단하고 나서, 그다음에 과감히 행동해야 한다.'

그때는 너무 어려서, 조명근 선생님의 말씀이 무슨 뜻인지 잘 몰랐다.
그러나 평생 살면서 위기에 처했을 때마다, 선생님 말씀이 떠올랐다.

당황하여 덤벙대며 생각 없이 행동하지 않고
먼저 나 자신을 찬찬히 바라보고, 가다듬고, 신중히 행동하여 실수를 줄였다.

그만큼 선생님의 한 마디가 중요하고 학생들에게 큰 영향을 미친다.
네가 선생인데, 그 역할을 제대로 하고 있는지, 늘 스스로 반성해야 한다."

나는 일제시대 소학교 때 아버지의 조명근 담임선생님을 만나본 적이 없다.
그러나 "자신이 계란인가, 돌인가, 쇠뭉치인가를 알고 행동하라!"는 말씀.

파란만장한 한국 근대사 100년 가까이 살아온 아버지 마음속에 살아 계셨고,
아버지 말씀과 아버지 일생을 통해, 이렇게 나와도 만나게 되었다.

생전 만나보지 못한 아버지 소학교 때 담임선생님.
그러면서도 아버지의 딸인 나에게까지 큰 영향을 주신 선생님.

나는 지금까지 많은 사람들을 만나왔다.
스스로 기억할 수도 없는 수많은 말들을, 수십 년 동안 뿌려왔다.

사람들은 내가 한 어떤 말을 기억할 것인가?
그리고 주위 사람들에게 내가 한 어떤 말을 전할 것인가?

만날 때마다 해 주신 아버지 말씀.
"네가 선생인데, 그 역할을 제대로 한다는 것은 참 어렵고 중요하다."

때로는 너무나 큰 부담으로, 너무나 큰 책임으로, 그렇게 아찔하게
때로는 너무나 큰 격려로, 너무나 큰 보람으로, 그렇게 감사하게

측량할 수 없는 큰 무게로 다가오곤 하는, 아버지의 말씀.
그리고 아버지 소학교 시절 담임선생님의 90여 년 전 말씀.

논밭은 잡초가 해치고

팔순이 넘었을 때에도 사과 농사를 지으신 아버지,
낡디낡은 과수원집의 싯누렇게 변한 벽.

여전히, 지난해 달력은, 뒷장에 깨달음을 보석처럼 박아
늘, 올해 달력과 나란히, 현재를 살고 있었다.

「논밭은 잡초가 해치고, 사람은 허욕이 해친다.」
그렇게 지난해 달력 뒷장에, 벼루에 갈은 검은 먹물, 붓글씨 되어 있었다.

아버지께서는 내가 40세가 되었을 때,
50세가 되었을 때에도 말씀하셨다.

"논밭은 잡초가 해치고,
사람은 허욕이 해친다!"

그때마다 나는 히죽히죽 웃으며
쉽사리 대답했다.

"아버지, 그 말씀 나에게 강조할 필요 없어요.
나는 허욕이 별로 없으니까요."

나는 늘
내가 허욕이 별로 없는 사람이라고 착각해 왔다.

허욕 가운데
허욕 덩어리로 있을 때에는

그것이
허욕이라는 것을 알 수 없어.

그러나 나의 50여 년은,
허욕으로 점철된 삶이었다.

나는 단지 나의 허욕을 알지 못하고,
때론 인정하고 싶지 않았을 뿐.

나는 늘
농부인 아버지만 논밭의 잡초를 뽑아야 하는 줄 알았다.

아버지께서 떠나시고, 이제야 알게 되었다.
내 마음속 무성한 잡초를.

아버지를 본받아, 이제
나도 끝없이 내 마음의 잡초를 뽑아야 한다는 것을!

오마니 말씀을 마음에 새기고

"잠시 공산당을 피했다가, 금방 다시 고향에 돌아갈 것으로 생각하고
잠깐 피난길을 떠났는데, 영영 지금까지 고향에 돌아가지 못하였다.
오마니와 헤어질 때, 그것이 생이별이 될지는 꿈에도 몰랐는데
두 번 다시는 오마니를 만나지 못하였다.
헤어질 때 하신 말씀
그것이 오마니 육성으로 들은, 마지막 말씀이 되었다.

'네가 지금 이남에 맨손으로 피난 가는데, 좋은 일 하라고 차마 말 못하겠다.
선한 일은 못할지언정, 절대 악한 일은 하지 마라!
아무리 먹고살기 어렵더라도, 돈을 벌기 위해 나쁜 일을 하지 마라.
이남에 가서 네가 성공하고 돈을 벌면, 선한 일에 사용해라.
힘이 닿는 대로 남을 돕고 살고, 악한 일을 하지 마라.
어떠한 상황에서도 선한 일을 해서, 하늘로부터 복을 받아라.'

오마니 말씀을 생각하며, 이남에 와서 자리 잡는 대로 농사를 시작했다.
오마니의 마지막 말씀을 자나 깨나 늘 잊지 않고, 열심히 농사를 지었다.
유언이 되어버린 오마니 말씀을 마음에 새기며, 돈이 생기면 조금씩 모아서
시골에서 중학교 진학 못하는 어려운 집 아이들을 수백 명 이상 공부시켰다.
도시보다 시골에 사는 것은 수입이 적지만, 마음을 선하게 하는 복을 주었다.
선한 일에 힘쓰다 보니, 이제 너희들에게는 별로 줄 것이 없구나…"

휠체어에 앉은 아버지 말씀 없이, 나도 목메어 말없이, 한참 침묵이 흘렀다.
그러나 내가 이렇게 마음으로 답했다는 것을 아버지께서는 느끼셨을 것이다.
'아버지께서는 저희에게 선하게 살라는 소중한 가치를,
험하고 거친 인생을 어떻게 살아야 하는가에 대한 지혜를,
아름다운 삶을 실천하는 모범을,
영원한 정신적 유산으로 남겨 주셨습니다.'

이북에서 생이별할 때의 이야기를,
아버지께서는 나를 만날 때마다 하셨다.
이남에서 60년을 가슴 절절히 그리워했던,
잊지 못할 오마니의 마지막 말씀.
의식을 잃고 돌아가시기 며칠 전까지도
더듬더듬 오마니의 말씀을 되뇌던 아버지.

보고 싶은 오마니의 마지막 말씀이
최후의 생명줄인 듯,
그리고 이제 곧 만날 오마니 앞에 서서,
기쁘게 말씀하실 준비를 하시는 듯.
'평생 오마니 말씀을 마음에 새기고,
순종하는 마음으로 살아왔습니다!' 라고.

하나님은 언제 우리를 도우시는가?

"10대 때의 일이다. 평양에서 언덕을 가다가 넘어져서 나뒹굴었다.
일어나려고 땅을 짚었는데, 옆에 보따리가 붙잡혔다.
그 속에 엄청난 돈이 들어 있었는데, 그대로 파출소에 갖다 주었다.
순사가 '당신 같은 사람만 있으면 세상에 순사가 필요 없을 것이다' 했다.

한 달쯤 지나 파출소에서 연락이 와서 갔더니
돈 잃어버린 주인을 찾았는데, 큰 회사의 점원이었다.
돈을 수금해서 자전거에 실어 가다, 돈뭉치를 보따리째 잃어버린 것이었다.
순사는 그 당시 관례에 따라, 돈 찾아준 나에게 1할을 주라고 말했다.

돈을 잃은 점원에게 '한 달 월급이 얼마냐?'고 물어 보았다.
1할에 해당하는 돈은 회사에서 받는 월급을 몇 년간 모아도 못 갚을 큰돈.
그래서 순사가 받아준 1할을, 그 자리에서 점원에게 돌려주었다.
그 점원은 생명의 은인처럼 고마워하며, 그 이후 인간적으로 가까이 지냈다.

그 뒤에 먹고 살기 위해 어렵게 장사를 시작했는데 돈이 벌리기 시작했다.
일을 해서 스스로 돈을 벌 수 있었다.
물론 이루 말할 수 없는 고통과 수모를 겪으며 고생했지만
노력만으로는 설명할 수 없는 하늘의 도움이 늘 있었다고 생각한다!"

그 사건이 있었던 때로부터 80년이 지나,
두 번의 뇌졸중 이후 휠체어를 타고
국립대구박물관 앞을 지나며 이렇게 말씀하셨다.

"지금 생각해 보니,
그때 하나님께서 선한 마음을 보셨고,
그래서 일생 동안 십여 차례 죽을 고비마다 도와, 목숨을 살려주셨다.

오마니께서도
늘
말씀하셨다.

'선하게 살아야 한다.
나의 이익을 위해
다른 사람을 괴롭혀서는 안 된다.'

선하게 살면,
결국 언젠가는
하늘이 반드시 도울 것이다!"

썩은 나무다리

"오래전 일이다.
칠성동에 작은 하천을 가로지르는 썩은 나무다리가 있었다.
너무 낡고 삐거덕거려, 주민들이 많이 지나다니는데 매우 사고 위험이 컸다.
대구 시장을 직접 찾아가서 주민의 안전을 이유로 여러 날 간곡히 설득했다.
결국 썩은 나무다리를 튼튼한 콘크리트다리로 바꿀 수 있었다.

안전한 콘크리트다리를 놓고 얼마 되지 않아, 대구시에서 연락이 왔다.
시청에 갔더니,
십여 명이 몰려와서 시청 앞에서 시끄럽게 데모하고 있었다.
주민들의 동의 없이 나무다리를 철거했는데
새 콘크리트다리를 다시 예전 나무다리로 복구해 달라는 요란한 항의였다.

새로운 다리 때문에 빗물이 동네로 흘러들어와 땅이 질퍽해진다는 이유였다.
참으로 말도 되지 않는 생트집이었다.
그리고는 오히려 나를 모함하며, 두고두고 괴롭혔다!
없는 사실을 그럴듯하게 만들어 소문을 내어,
나를 나쁜 사람으로 내몰았다.

진심으로 주민들을 위해 일했는데,
너무나 어이가 없고 이해가 안 되었다.
어떻게 된 일인지 나중에 두루 수소문하여 알아보니,
불편하고 위험한 썩은 나무다리를 바꾸도록 시청에 섭외해 주겠다고 하며
지역주민들에게 3년 동안 돈을 뜯어낸 사람이 뒤에서 주동하는 것이었다.

자신의 악함을 숨기고,
오히려 다른 사람에게
악함을 뒤집어씌웠다.
지역사회를 위한 일을 하고도,
오히려 미움과 공격과 위협을 받았다.

그러나 악한 사람을 대적하지 않고
선한 마음으로 살아와,
결국 너희들이 잘되었다.
악은 악으로써 이기는 것이 아니라,
선으로써 이기는 것이다!"

진 영감 이야기

"할머니로부터 어떤 영향을 받은 것 같으세요?"
"선한 일을 하고, 다른 사람과 다투지 말아야 한다는 것이다."
"살면서 다른 사람과 다툴 일이 있으셨어요?"
"그동안 이남에 피난 와서 살면서, 참으로 힘들고 섭섭한 일이 많았고
견디기 힘든 수모를 당해도, 참고 지낼 수 있었던 것은
생이별한 오마니의 마지막 가르침을 생각했기 때문이다.
'선하게 살라'는 오마니의 말씀을, 천사의 말처럼 생각했다!
연고도 없이 힘든 타향살이 하면서도, 그것을 실천하기 위해 살아온 것이
지금 생각해 보면, 결국 인생에 큰 덕이 되었다.
원수를 원수로 생각하지 않아, 실수하지 않았고, 지금까지 잘 지내왔다."

"원수를 원수로 생각하지 않은 일이 있으셨어요?"
"동촌의 과수원에서 농사를 짓던 진 영감이라는 사람이 있었다.
농비가 부족해 농사지을 수 없고 대학교 입학한 아들 등록금도 없다고,
잘 알고 지내는 분이었는데 긴급히 도와달라고 너무나 간절히 부탁했다.
그때 돈을 빌릴 때는 '사과 따서 군산에 보냈는데, 수금하는 즉시 주겠다'고
매달리며 부탁해서, 우선 진 영감 아들 등록금 내고 학교도 보내야 하므로
그 당시에 100만 원을, 지금으로 수천만 원도 넘는 큰돈을 빌려 주었다.
수금해서 금방 갚겠다던 돈을 결국 갚지 않고, 그 이후 연락이 두절되었다.
그런데 20년 가까이 지나서, 나보다 더 엄청나게 큰돈을 번 진 영감이
칠성시장에 다시 장사를 시작하려고 와서, 자연히 만나게 되었다."

"만나서 어떻게 하셨어요?"

"만났더니, 옛날에 급박하고 어려울 때 도와주어서 고마웠다고 말하기는커녕,
그동안 불가피하게 돈을 못 갚아 미안하다고 말하기는커녕,
20년 동안 큰돈을 벌어서 갚을 돈이 충분히 있는데도
다짜고짜 '이미 법적으로 돈을 돌려 줄 시효가 지났다'고,
'억울하면 법적으로 하라'고, 오히려 큰소리를 땅땅 치는데
한 푼도 갚을 자세가 아니었다.
대낮의 날강도처럼, 칠성시장에서 당당하고 뻔뻔하게 장사를 했다.
너무나 질이 나쁘고 대화가 전혀 통하지 않았다.
그렇지만 고소를 한다든가 법적 조치를 하지 않고, 그냥 가만히 놔두었다."

"어휴~ 그런 사람을 왜 그냥 두셨어요? 나 같으면 가만히 안 둘 텐데."
"진 영감에게 돈을 뺏겼으나, 오히려 가만히 있는 것이 더 편안했다.
법적 소송을 하든지 했으면, 계속 신경을 쓰고 마음이 불편했을 것이다.
세상만사 춘몽중(春夢中)이라고 생각했다.
농비와 너희 학비로 돈이 쪼들렸지만, 그 돈 없어 당장 밥 굶지는 않으므로
질이 나쁜 사람과 다투며 내가 강퍅해지기보다는, 차라리 그 돈을 포기했다.
싸우든지 소송을 하든지 하면 큰돈을 찾을 수 있을지 모르나,
그 과정에서 마음이 괴롭고 모질어지고, 마음을 다칠 수 있기 때문이다.
그렇게 마음을 다스리며 지금까지, 이렇게 살게 된 것이 좋은 일이다.
상대방이 악한 마음일 때는, 절대 상대하지 말고, 지는 것이 이기는 것이다!"

"그럼, 그렇게 생각하고 말았단 말이에요?"
"그런데 얼마 지나지 않아,
칠성시장 장사하는 사람들의 소문을 들으니
'큰고개'를 넘어가던 버스가 전복되는 사고가 나서
그 버스를 타고 가던 다른 사람들은 조금만 다쳤는데,
오로지 진 영감만 목이 심하게 부러져서
병원에 입원해 있다고 하였다.
그동안 진 영감의 소행은 참으로 괘씸했으나,
목이 부러졌다니 측은한 마음이 들어서
병원을 수소문하여 병문안 갔다."

"어휴, 답답해. 그런 사람을 병문안까지 가셨어요? 가서 어떻게 하셨어요?"
"가서 보았더니 목이 부러져서 사람이 형편없었다.
측은한 마음이 들어,
치료를 잘 해서 어떻게든 날래 나으라는 말을 하고,
마음에 용기를 주고 돌아왔다!"
"그 뒤에 어떻게 되었어요?"
"그리고 얼마 지나지 않아,
칠성시장 사람들의 소문을 들으니
진 영감이 병원에 입원한 지 얼마 되지 않아
결국 사망했다더라…"

10대에 아버지 이야기를 들었을 때는
기가 막혀 펄쩍 뛰었다. 바보 같은 아버지!
그런 악당 같은 사람을 병문안 가서 위로하시다니,
세상에 답답한 사람.

50대에 계속 아버지 이야기를 들었을 때는
마음이 고요하게 가라앉았다. 바보 같은 아버지!
그런 악당 같은 사람을 병문안 가서 위로하시다니,
세상을 뛰어넘은 분.

내가 남에게 해를 끼치지는 않지만,
남이 나에게 해를 끼치면
나를 지키며 당당하게 맞서서
이겨나가야 한다는 생각이 늘 가득하였는데

점차 인생을 살아가며 황당하거나 억울하거나 기가 막힌 생각이 들었을 때,
아버지께서 들려주신 진 영감 이야기는
잊혀지지 않는 강한 여운으로 남아,
나의 판단기준과 결정과 대처행동에 중요한 나침반이 되었다.

악한 일에 같이 대적하지 말고
장기적인 안목으로 최후의 모든 결과를 하늘의 뜻에 맡기고
어떤 상황에서도
나는 오로지 내가 해야 할 선한 일에만 힘써야 한다는 사실!

과거 같으면 의협심을 갖고
분노했을 일도

이에는 이
날뛰었을 일도

악에는 악
다혈질적으로 대처했을 일도

고요히 관조하게 되었다.
그리고 우주의 기운에 나를 맡기게 되었다.

하늘이 내려다보고 인도하는 손길을
차분히 느끼게 되었기 때문이다!

100세가 가까워진 아버지
100번도 넘게 진 영감 이야기를 하실 때마다 이렇게 말씀하셨다.

"선한 사람과 악한 사람은
처음부터 뚜렷이 구분되는 것이라기보다

악한 길을 택하면
악한 사람이 되는 것이고,

아무리 당장에 돈이 생기고 혜택이 있어도
결국은 고통을 받게 된다.

선한 길을 택하면
선한 사람이 되는 것이고,

아무리 당장에 어려움이 있어도
결국은 후세 자손만대에 복을 받게 된다.

하늘은
모든 것을 알고 있다!"

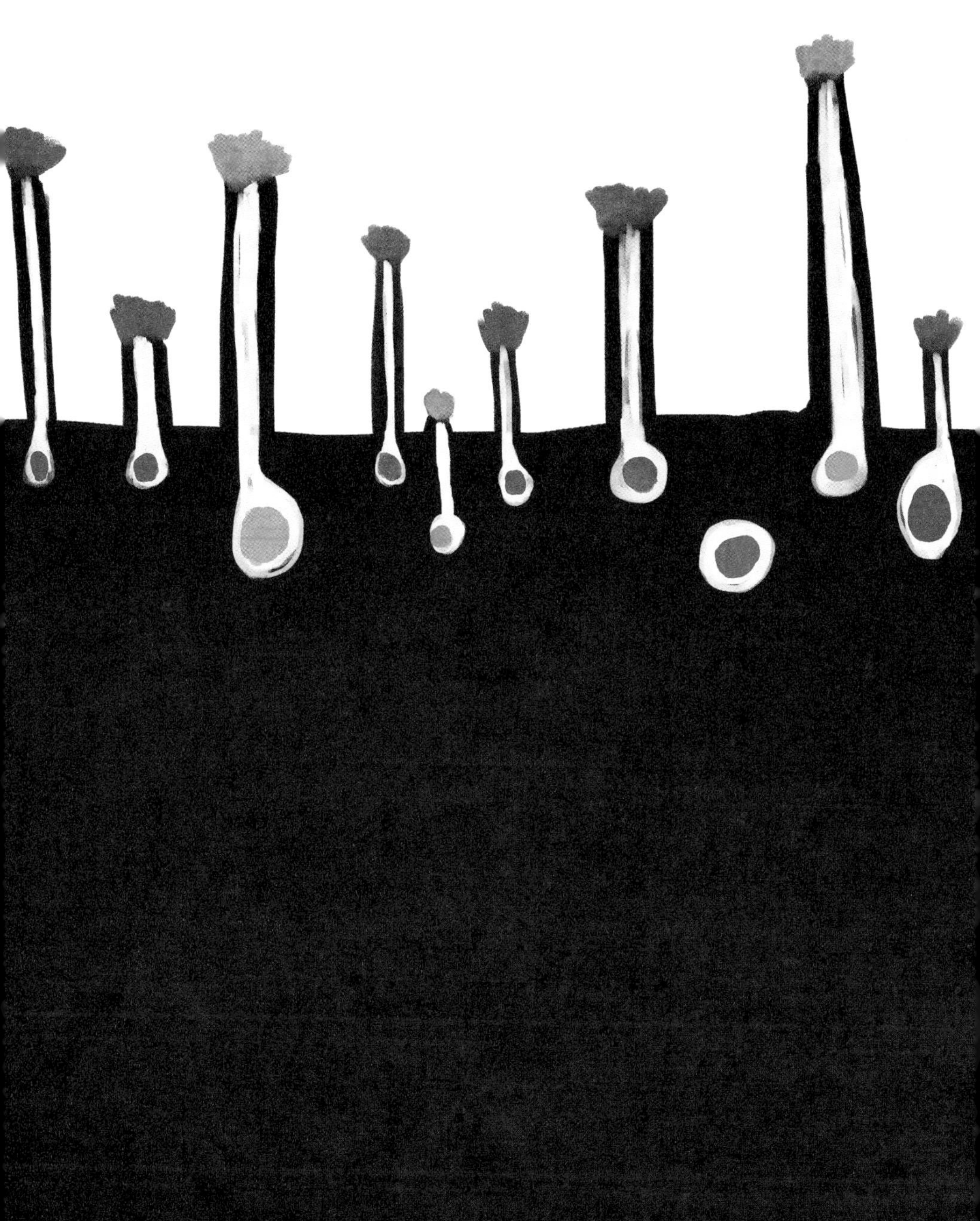

호랑이가 물어가지 않은 아이

"인생을 100년 가까이 살다 보니 거의 죽을 뻔한 적이 열 번이 넘었는데,
그 고비를 잘 넘겨온 것이 기적 같고, 모두 하늘의 도움 덕분이다."

"아버지, 죽을 뻔한 이야기, 또 해 주세요~"

"태어나서 처음으로 죽을 뻔한 적은
소학교 다닐 때의 일이다.
아바지께서 할머님 댁에 가셨다는 말을 들었는데,
날이 어둑어둑해져 와서 아바지 걱정이 되어
마중하러 바둑이와 함께 산으로 올라갔다.
아바지 오실 길을 따라 산에 올라갔는데,
금방 컴컴해져 왔다.
옆에 가던 바둑이가 갑자기 걷지 못하고,
딱 멈추어 땅에 붙은 것 같았다.
이상해서 앞을 보았더니,
집채만한 호랑이가 떡 버티고 앉아 쳐다보고 있었다!
양쪽 눈에서 나오는 빛이 얼마나 강했는지,
불이 뿜어져 나오는 것 같았다.
호랑이를 보는 순간 너무 놀라서,
다리만이 아니라 심장이 굳는 것 같았다."

"그래서 어떻게 하셨어요?"

"'죽고 사는 것은 하나님께 있습니다!'는 생각이 드는 순간,
정신을 잃었다."

"그다음에 어떻게 되셨어요?"

"눈을 떠보니 아침 해가 떴고,
바둑이는 옆에 있는데, 호랑이는 가고 없었다."

"호랑이가 어디론가 사라지고, 아버지는 살아나셨군요."

"죽고 사는 것은 하나님께 달려 있다는 것을
그때 어린 나이에 깊이 깨달아

그 뒤에 많은 어려움 앞에서도
용기를 갖고 두려움 없이 살아올 수 있었다!"

북쪽을 향하는 마음

영하 10도가 넘어도, 매일 새벽 미역을 감고 깨끗한 몸으로
산격동 수도산에 올라가, 이북의 부모님을 향해 큰절을 한 뒤
집으로 돌아오셔서 시작된 하루 일과.

아버지께서 몇 번 데리고 가서 어쩌다 따라가면
아무리 철이 없어도, 왜 그러시는지 함부로 여쭈어보지 못할 정도로 엄숙했고
시종일관 아무 말씀이 없으셨던 아버지.

두꺼운 양말에 털신을 신은 발도 동상이 걸릴 듯 추운 날씨에
웅덩이 찬물로 깨끗이 씻고, 말씀 없이 북쪽을 향해 절하시는 모습!
새벽 찬 공기에 발을 동동거리며, 이해할 수 없었던 유치원생.

중학생쯤 되었을 때
마음속으로
질문해 보았다.

'매일 힘들게 산에 가서 북쪽을 향해 절을 해야만 하는가?'
'새벽 4시에 집에서 기도를 해도 되는 것 아닌가?'
'이불 속에 누워서라도 잠시 부모님을 생각하면 되지 않는가?'

나는
마음이 중요하지,
형식은 중요하지 않다고 생각하였다.

점차 살아가며, 마음만 있으면 된다는 내 생각이 부족했음을 깨달았다.
물론 마음이 없이 형식만 있으면 안 되지만
형식이라는 그릇에 담겨지지 않으면 마음도 사라지기 쉽다는 사실을.

게으른 마음으로, 모든 것을 편리하게
뜨끈뜨끈한 아랫목에 두툼한 솜이불 덮고 누워, 부모님을 생각하면
하루 계획을 세우게 되는 것이 아니라, 쿨쿨 코 골며 잠들게 된다는 것을.

그리고 나중에는 새벽 4시에 일어나지도 않고
그리고 나중에는 부모님 생각도 잊어버리게 되고
그리고 나중에는 하루생활 속에서 부모님의 정신과 얼도 없어지고,

그리고 나중에는
진정한 마음도
진정한 자기도 온데간데없어진다는 사실을!

새벽 우물물로 지은 밥 한 공기

과수원에 나가보니, 과수원집 찬장 안에 놓여 있는 밥 한 공기.
'왜 밥 한 공기를 퍼 놓으셨을까?'

"새벽 꿈에 이북에서 생이별한 아바지를 처음 만났다.
'먼 길 갔다 오다가 배가 고파, 네가 이남에서 농사짓는다 해서 들렀다.'

그 말에 깜짝 놀라 일어나 보니, 꿈이더라.
'아~ 이북에서 밥도 제대로 못 드시며, 고생하시다 돌아가셨구나!' 싶었다.

곧바로 일어나 깜깜한 새벽 우물에 나가
쌀을 씻어 밥을 해서, 찬장에 넣어 두었다."

그 이야기를 들으며 중학생이었던 나,
아버지 마음은 이해하나

'돌아가신 할아버지께서 어떻게 밥을 드시겠어요?'
그렇게 가볍게 생각했다.

지금
아버지 돌아가시고

3주기가
지났는데,

40년 전
과수원 집 찬장에

놓여 있던
밥 한 공기 떠올리며,

'아~ 아버지 가슴에
영원히 살아 계셨던 할아버지!'

그것은 가벼운 것이 아니라,
가슴 깊은 곳 뜨겁게,

울컥하게 만드는
그 무엇.

예배당과 정자

“그동안 90 평생 고생도 많이 했지만, 최선을 다해 살아왔다.
생각한 것은 대부분 행동으로 옮겼으며, 목표한 것은 거의 이루었다.
특히 너희들을 끝까지 공부시켜서, 마음에 참 보람이 있다. 그런데
열심히 노력했으나, 생각했던 것을 실천하지 못한 한 가지가 남아 아쉽다!”

“아버지께서 이루지 못한 한 가지가 무엇인데요?”

“아바지를 위해서 정자를, 오마니를 위해서 예배당을,
하나씩 꼭 짓고 싶었다.
그 목표를 자나깨나 늘 생각하고 있었지만
너희들 교육도 시켜야 하고 돈이 꼭 필요한 일들이 생겨, 실천을 못 했다.”

“할아버지 할머니 생각하시며, 왜 하필 정자와 예배당을 짓고 싶으셨는데요?”
“아바지께서는 참 인품이 훌륭하고 마음이 선량했고, 그래서 친구가 많았다.
아바지께서 친구들과 쉬실 수 있는 정자를, 대동강 가에 지어드리고 싶었다.
오마니께서는 단 하루도 거르지 않고 매일 새벽 4시에 산정현교회를 가신,
신앙심이 참으로 대단한 분이셨다.”

"아, 그럼 그것을, 이북에서부터 생각하셨어요?"

"그래, 열심히 돈 벌어
아바지 정자와 오마니 예배당을 지어드리고 싶었는데
전혀 예기치 못하게 갑자기 6·25 사변이 나서, 꿈이 수포가 되었다.
이남에서라도 정자와 예배당을 지으려 했는데, 어느새 90이 넘었구나…"

김대건 성당 앞에 멈추어 서서,
휠체어 타신 아버지의 잔잔한 말씀.
지역사회 어려운 노인들을 위한 아버지 선행의 뿌리를
가슴 저리게 느끼며,

그때 나는 아무 말 없이 말씀만 들었다.
말을 가볍게 하지 않기 위해.
그러나 아버지께서는
진정한 내 마음을 분명 느끼셨을 것이다!

빨리 하기와 잘 하기

몇 살 아래 동생은 어릴 때부터 머리가 좋았으나, 나는 그저 평범하였다.
동생은 유치원생, 나는 국민학생이었는데도
같이 앉아 받아쓰기를 하고 산수 문제를 푸는데, 더 많은 시간이 걸린 나.
그렇게 답답한 나를 구박하지 않고, 지혜롭게 표현하셨던 아버지

"우리 영신이는 날래 하기보다는 제대로 잘 한다!"
국민학교 1학년에 입학하여
역량에 넘치는 힘든 숙제들을 하느라 허덕거리면서도
마음으로 좌절하지 않을 수 있었던 기반.

제대로 잘 한다는 말씀이 사실인 줄 알고
조급하게 숙제를 끝내려 하기보다는
시간이 걸려도 힘든 글씨를 더 또박또박 잘 써보려고 했다.
시간이 걸려도 어려운 문제를 끝까지 더 정확하게 풀어보려고 했다.

그것이 50여 년 습관이 되어
내가 못하는 것에 좌절하지 않았고, 잘 해 보려는 집중을 꾸준히 하였다.
유년시절 아버지께서 해 주신 말씀, 제대로 잘 한다는 말이 사실인 줄 알고.
부족한 내가 지금까지 열심히 살 수 있었던 것, 아버지의 격려와 인내 덕분!

천장까지 번쩍

저녁에 퇴근하면 아버지,
항상 나를 번쩍 들어 뱅글뱅글 몇 바퀴를 돌리시며
"우리 영신이, 오늘 학교에서 무엇을 잘 했지?" 물어 보셨다.
별로 잘 하는 것이 없는 나, 매일 그 질문에 답하는 것이 마음에 쓰여
자신 없어도 수업시간에 "저요, 저요~" 손 들고 하나라도 발표하고,
발표 못한 날은 교실이나 운동장에 떨어진 쓰레기라도 주우려 했다.

"우리 영신이, 오늘 학교에서 무엇을 잘 했지?"
"오늘 산수 시간에 칠판에 나가서 문제 풀었어요."
아버지께서는 나를 천장 가까이 한껏 들어올리며 "와~ 우리 영신이 최고다!"
다른 아이들은 하루에 열 번도 더 발표하는데,
나는 겨우 한 번 발표했는데…
어린 가슴에 스스로 너무나 민망했지만, 그래도 좋아서 싱글벙글.

"우리 영신이, 오늘 학교에서 무엇을 잘 했지?"
"오늘은 집에 올 때 학교 운동장 한 바퀴 돌면서 쓰레기를 주웠어요."
아버지께서는 나를 천장 가까이 한껏 들어올리며 "와~ 우리 영신이 최고다!"
오늘은 발표도 못해 속상하고,
쓰레기나 주웠을 뿐인데…
어린 가슴에 스스로 너무나 민망했지만, 그래도 좋아서 싱글벙글.

아버지께서는 내가 못한 것을 들춰내신 적이 없다.
항상 잘한 것을 물어 보셨다.
최고라고 진심으로 믿는 마음과 표정,
그리고 몸짓으로 칭찬하셨다.
지금까지도 나 스스로 만족할 때까지 최고로 잘하려고 발버둥치는 나,
그것은 어릴 때 매일 천장까지 번쩍 들어 올려주신 아버지의 몸짓 덕분!

100m 달리기

국민학교에서 매년 가장 큰 행사였던 운동회 날,
「전교생의 100m 달리기」
나는 여섯 명이 뛰면 항상 완전히 뒤처지는 6등을 했다. 6년 내내
꼴등으로 달리면서도 얼마나 용을 썼는지 돌부리에 걸려 늘 무릎까지 깨졌다.
이상하게도 부모님께서 응원하시는 자리,
그 앞을 달릴 때 꼭 넘어졌다.
울먹울먹하며 부모님 앞에 와서 김밥을 먹었다.
무릎이 아파서가 아니었다.
부모님께서는 "중간에 포기하지 않고 끝까지 잘 뛰었다!" 고, 박수를 쳐주셨다.
완전히 뒤처져 꼴등 한 나에게.

자녀들 보는 앞에서,
「달리기 희망하는 아버지들의 100m 달리기」
아버지께서는 단 한 번도 빠짐없이 자원하여 나가 달리셨다.
아버지께서는 여섯 명이 뛰면 항상 완전히 앞서는 1등을 하셨다. 6년 내내
1등 한 상으로 받은 노트와 연필과 수건을,
울먹울먹하는 나에게 건네 주셨다.
나도 다른 1등 한 친구들처럼 노트와 연필도 갖고, 수건까지 덤으로 가졌다.
아버지께서는 나보고 1등 한 친구나 마찬가지라고 위로하셨다.
꼴등에, 피 나는 무릎에, 빨간약까지 넓게 발랐어도,
내 기분은 왠지 으쓱 하였다.

지금
나이 60을 바라보며,
나의 능력을 벗어나는
과중한 업무와 책임 앞에서
돋보기 너머 피로해지는 몸으로 힘겹게 허덕이지만,
용을 쓰며 헤쳐 나간다.
때로는 역경 앞에서
좌절도 하지만,
그대로 포기한 적 없이
끝까지 달린다.

아버지께서 돌아가시기 전까지
늘 앉아 계시던 의자 앞에서,
지금도 나는 쉬임없이
「한국인의 부모자녀관계」에 대해 연구한다.
6년 내내 100m 달리기를 항상 자원하시던
아버지의 마음을
이제야
온 마음으로 느끼며,
울컥한 심정으로
오늘도 책상에 마주 앉는다!

"늦어서 미안하다!"

국민학교 5학년이었을 때 뒤쪽의 내 자리에서 갑자기 칠판 글씨가 안 보였다.
아버지와 시내에 있는 김 안과에서, 학교 마치고 3시에 만나기로 약속하였다.
시계만 보며 기다리는데, 3시 15분에 아버지께서 안과로 급히 들어오셨다.
나는 아버지를 만난 것만으로도 너무나 안심이 되고 반가와, 벌떡 일어났다.
아버지께서는 "일이 밀려 늦게 되었는데, 늦어서 미안하다!" 고 말씀하셨다.

진지하게 미안하다고 말씀하셔서,
눈이 휘둥그레질 정도로 깜짝 놀랐다.
그때 얼마나 강한 인상이 남았는지, 아직까지도 그 말씀이 잊히지 않는다.
나는 아버지께서 돈을 벌어 학교에 보내 주시고, 집에서 가장 어른이시니까
이 정도는 얼마든지 늦을 수 있다고, 당연하게 받아들이고 있었던 것 같다.

나는 친구들과 약속하고도 15분 정도 늦는 것은
아무 감각도 없이 지냈는데,
아버지께서는 15분 늦었다고 진심으로 사과하셨다.
그것도 나와 같은 어린아이에게, 자식인데,
미안하다고 사과를 하시다니.

아버지의 사과는,
나에게 일생 동안
두 가지 영향을 크게 미쳤다.
'약속은 반드시 지켜야 한다.'
'끊임없이 자신을 성찰해야 한다.'

아버지께서는 나에게
항상 약속을 지켜야 한다고
한 번도 말씀으로 가르치신 적이 없었다.
스스로 자기를 성찰해야 한다고
한 번도 말씀으로 가르치신 적이 없었다!

생달걀

높아진 생활수준, 풍부한 반찬, 그 속에서는 별로 눈길을 끌지 못하는 달걀.
40여 년 전 밥이 귀할 때, 어른의 따끈한 밥그릇 속에만 들어 있던 귀한 달걀.
그렇게 달걀의 가치가 시절 변화에 따라, 참으로 많이 바뀌었다.

중학교 1학년 가을, 전교 학생회 부회장에 출마하겠다고 결심하였다.
아침에 집을 나서려는데, 아버지께서 "아~ 하고 입을 벌려라" 말씀하셨다.
무언가 했는데, 생달걀을 젓가락으로 톡톡 깨시니, 입안으로 쏘옥 들어왔다.

" 영신아, 이거 먹고 가서, 힘내고, 매끄러운 목소리로 선거유세 잘 해라."
" 예…" 그렇게 대답하고 학교 가는 길, 홍얼홍얼 콧노래가 절로 나왔다.
그리고 한참을 즐겁게 걸어가는데, 점차 알 수 없는 눈물이 스르륵 맺혔다.

'쟁쟁한 친구들이 너무 많아 내가 되기 힘든데, 실망시켜 드리면 어쩌나…'
'내가 전교부회장이 되면 아버지께서 얼마나 기뻐하실까, 꼭 되어야 할 텐데.'
매일 아침, 아버지께서 입안에 깨어준 생달걀 먹은 힘으로 이겨나간 선거기간.

달걀의 물질적 가치는 바뀌었어도 변하지 않는 것,
부족한 나에게 용기를 불어 넣어준 부모님의 기대와 따스한 격려!
어떠한 힘든 도전 앞에서도 마음의 용기를 갖게 해 준 행복 에너지의 근원.

철봉

고등학교 입학시험에 체력장이 포함되니,
체육시간마다 체력시험 준비.
처음 해보는 '800m 달리기'에서는 600m 지점에서 거품을 물고 주저앉았다.
'윗몸 일으키기'에서는 단 한 회도 윗몸을 일으키지 못했다.
철봉 '오래 매달리기'에서는 올라 선 의자 빼자마자 아래로 툭 떨어졌다!
전교에서 꼴등 수준의 체력이었다.

열심히 노력하니까 800m도 완주하게 되었고,
윗몸도 몇 회는 억지로 일으킬 수 있었다.
그런데 '오래 매달리기'는 아무리 연습해도 1초는커녕 전혀 매달리지 못했다.
다른 친구들은 30초 아니라 1분도 거뜬히 매달리는데
속이 상할 대로 상해,
집에 와서 부모님께 이 사실을 말씀드렸다.

다음날 학교 갔다 왔더니, 수양 버드나무 아래 모래밭이 만들어져 있었다.
웬일인가 했더니, 아버지께서 나무 기둥을 세우시고
집 마당에 철봉을 만드셨다.
"여기에서 연습하거라!"
그 덕분에 집에서 철봉 '오래 매달리기'를 수시로 연습할 수 있었다.
그리고 고등학교 입시에서, 철봉에서 떨어질 듯 아슬아슬했지만, 합격하였다.

그 당시에는 아무런 생각이 없었다.
지금 생각해 보니, 부모님께서는 교육에 필요한 모든 환경을 만들어 주셨다.
그러한 환경을 부모님께서 모두 제공해 주셨기 때문에
고등학교 입학시험을 겨우 통과할 수 있었다는 것을,
지금에서야 깨닫는다.
그때는 내가 열심히 공부하고 체력장 연습해서, 내 힘으로 합격한 줄 알았다!

석류

내가 태어나 어릴 적 자란 집,
현관 입구에 서 있던 아름드리 석류나무.
가을이 익으면 석류도 익고
추욱축 늘어진 나뭇가지 가지마다 붉게 타들어가던 석류.

가지에 달린 채
쩌억쩍 벌어져
하아얀 알갱이 투명한 유리구슬,
빠알갛게 익어가면 빠알간 진주.

고등학생 시절에는
왜 그렇게 걷잡을 수 없는 잠이 쏟아지던지,
책상에 앉으면 연필만 꼬옥 잡고 끄덕끄덕 졸다가
다 지나간 공부시간!

식사라도 하고 나면,
아예 책상에 엎드려
포근한 잠에 안겨
얼굴을 파묻었다.

졸다가 자다가를 반복하고 있을 때
'똑. 똑. 똑.'
두드려지는
공부방 창문.

잠을 훔치기라도 한 듯 놀라,
벌떡 일어나 억지로 짓는 잠 깬 표정.
그래도 어쩔 수 없이 게슴츠레한 눈으로
창문을 열면,

"이것 먹으면서 공부해라!" 공부방으로 건네주시던
아버지의 석류, 새빨간 핏빛 진주 구슬 한 번 훑어 씹으면
나갔던 정신,
다시 번쩍 들고

"왜 졸기만 하고 공부를 제대로 안 하느냐?"는 꾸지람 없이
그냥 모르는 척,
새그무레한 석류를 공부방 창문으로 건네주셨을 뿐.
아버지께서는 그렇게 잠 못 이기는 나의 잠을 깨워 주셨다!

졸업 논문

대학교 4학년 졸업할 때, 졸업 논문을 써서 제출해야 했다.
논문이 무언지도 모르고 썼으니, 그야말로 부족한 보고서 수준.

졸업식에 참석하러 만사를 뒤로 하고,
고향에서 기쁨으로 오신 부모님.

졸업식 전날 밤,
아버지의 대견스러운 눈빛 앞에서 낭독한 졸업 논문.

처음부터 끝까지 한 줄도 빼지 않고
또랑또랑 읽어 내려간 200자 원고지 묶음.

사과나무 전지하다 달려오신 아버지, 딱딱한 내용이 지루하셨을 텐데
마지막 문장 마침표 끝날 때까지, 온 마음으로 귀 기울여 들으시고!

졸업논문의 문장을 잘 썼다고 감탄하며
하시는 말씀.

"너는 앞으로 공부를 계속해서,
공부로 성공하면 좋겠다."

'다른 친구들도 누구나
이 정도는 다 썼는데,

나보다 훨씬 더 잘 썼는데,
아버지께서는 전혀 모르시고…'

머쓱한 마음,
벌게진 얼굴.

그리고 나는 두고두고 두 주먹을 불끈 쥐게 되었다.
아버지의 기대에 어긋나지 않기 위해!

거꾸로 패인 손톱

백발의 80대 아버지, 남들은 집에서 쉬는 은퇴한 시기에
과수원에서 사과나무를 가꾸셨다.

내가 방학마다
과수원에 나가 보았을 때,

허리 한 번 안 펴고
하루종일 일만 하시던 우직한 아버지 모습.

조금 일을 거드는 둥 마는 둥 흉내만 내다가
더위를 피해 방 안에서 잠만 쿨쿨 자다가

무릉도원 신선한 산들바람에
스르륵 잠 깨어 밖을 보면,

아버지께서는 여전히 땡볕에,
저만치서 허리 굽혀 일하고 계셨다!

그래서 일은
그렇게 열심히 해야 하는 것인 줄 알게 되었다.

열심히 하는 것에 어떤 질문도 없었던 것은,
일하는 아버지 모습을 보았기에.

80대에 넓은 과수원 일을 한다는 것은, 건강해도 매우 감당하기 어려운 일.
그것이 세월의 순리인데

아무리 기억을 더듬어 보아도,
아버지께서는 힘든 내색을 하신 적이 없으셨다.

그래서 나는
아버지께 항상 30대 청년 같은 힘이 솟구치는 것으로 착각했다.

한 집안의 기둥으로서,
역할과 책임을 다하고자 한 아버지.

묵묵히 일생 동안,
일만 하신 아버지!

자녀 교육에 삶의 모든 희망을 걸고
미래의 꿈나무를 키운 아버지.

내가 서울에서 대학원 다니며 컴퓨터를 사서 공부하는 동안
학비와 컴퓨터 구입비가 통장으로 계속 부쳐지는 동안

흙 묻은 아버지 손톱
거꾸로 패여 갔고

방학이 되어, 알록달록 멋진 피크닉 옷차림으로 하계봉사활동 가면
나를 반기며, 거꾸로 패여 가던 과수원 흙 묻은 아버지 손톱!

아버지께서는 공부 열심히 하라는 말씀을 하신 적이 없었다.
단지 과수원에서 열심히 일하는 모습을 보여 주셨을 뿐.

그때 아버지, 아무런 말씀도 없으셨는데
돌아가신 아버지, 지금 영정 사진 속에서 하시는 말씀.

'열심히 공부해라.
최선을 다해라.'

「오후 5시 15분~6시 15분 기도」

아버지 생신이 되어 고향에 내려갔다.
우연히 거실에 붙어 있는 달력을 보았는데
달력의 몇몇 날짜에 동그라미 몇 개가 쳐 있었고
동그라미 쳐진 7월 22일에
「오후 5시 15분~6시 15분 기도」라고 써 있었다.
'7월 22일이 무슨 중요한 날이길래,
기도라고 특별히 달력에 써 두셨을까?'

가만히 생각해 보니, 7월 22일은 내가 베를린에 있던 날이었다.
그리고 한국시간으로 오후 5시 15분부터 6시 15분 사이는
내가 중요한 발표를 한 시간이었다.
그 사실을 생각해 내는 순간,
숨이 멈추어지듯 놀랐다.
'부모님께서 한 시간 동안,
한국에서 두 손 모아 기도하고 계셨구나!'

日 月 火 水 木 金 土
SUN MON TUE WED THU FRI SAT

역량도 부족한 내가 그때 무사히 할 수 있었던 것,
여러 가지 부족한 내가 지금까지 무사히 살아올 수 있었던 것,
그것은 모두 부모님의 기도 덕분.
아, 부모님께서는 날짜와 시간을 놓칠까봐 달력에 표시해 두고
그렇게 온 마음을 모으셨구나,
그렇게 온 마음을 태우셨구나.
일생 동안!

네 개 동그라미 쳐진 날짜를 자세히 들여다보며
찬찬히 생각해 보니
내가 출국하는 날,
내가 발표하는 날,
내가 귀국하는 날,
내가 부모님 찾아뵙는 날이었다.
그렇게 간절히 손꼽아 기다리고 계셨다.

"눈 뜨고 있어도 코 베어가는 험한 세월에"

"오랜 기간 거래하던 사람이
사과를 밭에서 차떼기로 많이 갖고 가서,
가자마자 곧 부쳐준다던 돈을 계속 부쳐주지 않고
오랜 기간 애를 먹였다.
다음 해 농비를 마련해야 되어서,
할 수 없이 수금하러 직접 찾아갔다.

멀리 다른 도까지 수금하러 갔는데,
갑자기 그 동네에 무장공비가 나타났다.
눈에 뜨이기만 하면
그 자리에서 총을 쏘아 죽일 수 있기 때문에,
무장공비에게 안 들키려고
창고의 등겨더미 속에 들어가 숨어서 살아났다.

밖에서는 무차별 총소리가 '탕. 탕. 탕.' 들렸고,
나중에 보니 죽은 사람도 있었다.
등겨더미 속에서 따갑고 숨 막혀 참으로 견디기 어렵고 힘들었지만
그래도 무장공비 총에 맞아 죽는 것보다는 나았다.
돈 몇 푼 찾으러 갔다가, 뜻밖에 목숨까지 잃을 뻔했다!
이것이 여덟 번째 죽을 뻔한 일이었다.

그렇게 오래된 거래처 사람들도
큰돈을 떼어 먹고 주지 않는 일이 허다했다.
그뿐만이 아니라 1년 농사를 잘 지어 놓으니,
내가 과수원에 없는 동안
인부들이 몰래 사과를 따다가
시장에 팔아먹는 일도 있었다.

지역사회를 위해 일해도,
개인들의 이해관계 때문에 괴롭고 방해받았다.
때론 공무원이나 관청도 정당하지 않았고,
사실을 말해도 통하지 않았다.
아무런 연고도 없는
실향민의 불쌍함과 섭섭함과 억울함을 느껴 보았다.

목숨 걸고 이렇게 이남에 맨손으로 피난 와서,
다른 사람과 같이 잘 살아보기 위해
너희들을 서울로 보내 공부를 시켰다.
그것이 보람이었고, 아무리 힘들어도 이겨 나올 수 있었다.
눈 뜨고 있어도 코 베어 가는 이런 험한 세월에
고통받으면서도 죽지 않고 이렇게 열심히 살아 온 희망은, 너희였다!"

옷 가방 틈새

고속버스터미널에서 몇 분 간격으로 연방 시계만 바라보며
계속 도착하는 전국 각지 버스들의 출발지 표시판에 집중하는 어지러운 눈.
그렇게 뱅글뱅글 시간이 흐르다 보면, 어느새 다가오는 고향 출발 고속버스.
서서히 속도를 줄이며 서는 버스 문 앞으로, 몇 걸음 힘껏 내쳐 달려간다.
같이 출발해 온 각양각색의 사람들이, 다 내리고 나면 처~언천히
백발머리 한눈에 드러나는 부모님, 버스 안에서 나를 내려 보시며
벌어진 잇새 틈을 한껏 보이시곤, 티 없는 아이같이 환한 웃음.
빨리 손을 잡으시려는 듯 반가운 손을, 먼저 휘휘 허공에 내저으시고
버스 몇 계단을 곡예처럼, 비틀비틀 지팡이에 의지하여 내려오셨다!
"아버지, 어머니~"

고속버스 짐칸을 열어보면, 부모님께서 싸 오신 짐으로 늘 가득 차 있었다.
아버지께서 일일이 비끄러매어 몇 번씩이나 단단히 묶은 빨간 노끈 박스들.
농사지은 사과 한 박스, 쌀 한 포대, 아버지의 1년 땀 한 박스.
배추김치, 물김치, 깍두기김치, 총각김치, 열무김치, 각종 김치 한 박스.
불고기볶음, 멸치볶음, 오뎅볶음, 호박볶음, 우엉볶음, 각종 볶음 한 박스.
참기름 한 병, 깨소금 한 봉지, 고춧가루 한 봉지, 각종 양념 한 박스.
이것은 기본 박스, 거기에다가 그때그때 계절식품 새 박스들이 추가되었으니
내 차 안에는 항상, 더 이상 박스를 실을 수 있는 공간이 없었다.
주어도 주어도 부족한 부모님의 사랑으로, 한 치의 여백 없이 꽉 채워졌다.
박스들로 꽈악 채워진 자동차, 그렇게 자동차는 사랑의 에너지로 달렸다.

집에 도착하여
꼭두새벽부터 꾸려 오신 빨간 노끈 박스 짐 풀고 나서,

부모님 옷가방을 열어보면
두 분 드실 약봉지가 여기저기 가득했다.

우리 집에 오실 때마다, 약봉지들 담은 비닐봉투가 자꾸 커져만 갔다.
두툼해져 가는 약봉지는 그렇게 인생의 남은 시간을 담고 있었다.

그리고 차곡차곡 몇 줄 쌓은
사과 한 박스도 모자라

옷 가방 틈새, 구석구석 조금이라도 빌 새라
이 빈틈 저 빈틈 알뜰살뜰 끼워 온, 싱싱한 사과 몇 알.

"이거 참 맛있는 꿀사과다.
날래 깎아서 먹어 보거라!"

내미는 거친 손,
부모님의 사랑은 가이 없었다.

가지와 꽃등심

주말마다 형제자매들이 순서를 정해 고향의 부모님께 갔다.
고향의 달력에는 매주 누가 오는지 적혀 있었다.
일주일 내내 자식을 기다리는 부모의 마음이 담긴 달력.
그 달력을 따라, 이번 주는 내가 당번이 되어 고향에 갔다.
바쁜 직장생활에 짧은 며칠을 기왕이면 길게 늘려 보려고
고향 갈 때는 새벽 기차를 탔다.

부모님과 함께 하는 아침 식탁,
반찬 중 하나는 이런저런 이야기꽃.
밥을 입에 넣으며 식탁을 내려 본 순간,
어느새 바뀌어 있는 반찬 그릇들!
나의 밥그릇과 국그릇 앞에 어느새 옮겨져 있는 가지볶음 접시,
나의 밥그릇과 국그릇 앞에 어느새 옮겨져 있는 구운 꽃등심 놓인 접시.

식사를 마칠 때쯤, 어머니께서 하시는 말씀.
"요즘 네 아버지 식성이 바뀌었어. 올해는 가지볶음을 얼마나 좋아하시는지
매 끼마다 한 접시씩 가지볶음을 비우신다.
내년에는 가지도 심어, 농약 없는 무공해 가지를 볶아 드려야겠다."
상 치우고 설거지하는 동안도 계속 이어지는 또랑또랑한 어머니 목소리.
"이번에 산 꽃등심이 참 맛있더라. 연하고 부드럽고."

아버지께서는 아버지가 맛있어하시는 반찬을
어머니께서는 어머니가 맛있어하시는 반찬을
자식의 밥그릇 앞으로 사알짝 옮겨 두신다.
뇌졸중으로 떨리는 손,
골다공증으로 떨리는 손.

자식만 생각하면 떨리는 마음.
태어난 뒤에는 건강하지 못하여 아플까 떨고
고등학교 다닐 때는 대학교 입학시험 낙방할까 떨고
시집 갈 때는 잘 살아야 할 텐데 하며 떨고
공부시키고 나서는 직장 못 구할까 떨고

평생을 떨리는 마음으로 지켜보고도 부족하여
자식 나이 50세가 넘어 이제는 밥벌이도 하고 머리가 허옇게 되어 가는데
사알~짝 반찬 옮겨 주느라 아직도 떠는 손.
이제 아버지 돌아가시니 이 세상 어디에서도 맛볼 수 없는,
아버지께서 사알짝 옮겨 주시던 가지볶음.

95세 아버지, 열네 번째 죽음의 고비, 두 번의 뇌졸중 이후로 더욱 떨리던 손.
세상에서 가장 맛난 음식, 자식에게 주고 싶은 마음.
세상에서 가장 소중한 마음, 가지볶음에 담아.
이 세상 어디에서도 찾아볼 길 없는, 떨림 담긴 가지볶음!
꿈에서나 맛볼까, 목이 메도록.

"그저 그러하다!"

일주일에 한 번 하던 전화를, 아버지께서 91세 되신 해부터 매일 아침 했다.
대화 내용은 거의 같았다.
그러나 아침 전화 한 시간은, 아버지의 24시간을 지탱하는 에너지였다.
녹음테이프 틀은 것 같은 똑같은 내용을 6년 동안 반복했어도
매일매일 코끝이 찡하고 가슴이 먹먹해졌다. 시간이 가면 갈수록
그것은 아버지를 생각하는 진정한 마음,
그것은 인간의 수명과 하나님의 섭리에 순종하는 마음,
누구나 겪어야 할, 나도 겪어야 할, 생로병사 삶의 과정에 대한 애틋한 마음.

"오늘은 몸이 좀 어떠세요?" "그저 그러하다."
"아침은 잡수셨어요?" "잘 먹었다."
"어제 낮에 운동은 좀 하셨어요?" "목표만큼 했지."
"항상 건강 조심하세요." "젊었을 때와는 아무래도 달라."
"크게 편찮으신 데는 없으세요?" "그저 그러하다!"
"…" "하는 일은 다 잘 되어 나가느냐?"
"좀 바빠서 그렇지, 다 잘 되어가고 있어요." "늘 건강 조심해라."
"예, 그럼 내일 아침에 또 전화할게요." "그래, 잘 있어라."

아버지께서는 늘 "그저 그러하다"고 대답하셨다.
그것은 크게 나쁘지도, 크게 좋지도 않다는 표현이다.
크게 나쁘지 않다고 인정할 수 있는 것은
늙어서는 젊어서와 다르다는 것을, 지혜롭게 받아들였기 때문일 것이다.
크게 좋지 않다고 인정하는 것은
사실 말할 수 없이 몸이 여기저기 불편하고 아프셨기 때문일 것이다.
그래서 그런지 늘 "그저 그러하다"고 말씀하셨다.

그 속에는 운명에 순응하는 인간의 지혜가 있다.
그 속에는 운명을 통찰하는 인간의 혜안이 있다.
그 속에는 사실을 차원 높게 이해하는 인간의 깊이가 있다.
그 속에는 사실을 객관적으로 느끼는 인간의 아픔이 있다.
무엇보다 그 속에는
자식에게 걱정 끼치지 않으려는 노부모의 마음이 있다.
한국 부모의 끝없는 자식사랑.

젊어서는
온통 자식만 걱정하는 마음.
늙어서는
자식에게 걱정 안 시키려는 마음.
돋보기를 걸친 자녀의 코끝과 가슴마저 뭉클하게 뒤흔드는
노부모의 마음.
"그저 그러하다!"

일생에서 가장 기쁜 일

뇌졸중 이후에 시간이 흐르면서 점차 의식이 돌아오셨다.
그래도 대소변을 가리는 것은 여전히 매우 힘드셨다.
아버지의 정신적, 신체적 고통을 조금이라도 덜어 드리고 싶어 여쭤 보았다.
기뻤을 때를 생각하시면, 기분이 긍정적으로 되고 좋겠다는 생각으로.

"아버지, 일생에서 무엇이 가장 기쁘셨어요?" "…"
금방 대답을 못하셨다. 뇌졸중으로 절망적이고 고통스러운 상황에서
갑자기 가장 기뻤던 일을 생각해 내시기에 시간이 필요하셨겠지만,
생각난다 해도 언어능력의 감소는, 말로 표현하는 것을 당연히 어렵게 했다.

아버지께서는 눈을 감으신 채, 입술이 어렵게 바르르 떨리기 시작했다.
나는 숨을 죽인 채, 아버지의 파리한 입술만 뚫어지게 바라보았다.
한참 적막한 공기를 뚫고, 한 단어 한 단어 띄엄띄엄 소리울림이 있었다.
"너.희.들.이. 공.부.를. 열.심.히. 했.을. 때…"

조용히 한참 동안 아버지 답변만을 숨죽이며 기다리고 있던 나,
전기충격이라도 받은 사람처럼 깜짝 놀랐다.
소설보다 파란만장했던 93년 동안 인생에서, 아버지의 가장 기쁜 일은
우리가 공부를 열심히 했을 때!

부모님의 눈에서 눈물이 날 때

힘든 세월 지나 몇 년 한참 지난 뒤, 즐겁고 홀가분한 마음으로 고향 갔을 때
"영신이가 고생 많이 했다." 딱 그 말씀만.
아버지께서는 뜬금없이 갑자기,
아무 감정 없이 덤덤한 목소리로 말씀하셨다.

옆에서 어머니,
"그렇지요…"라고 응답하셨다.
그리고
뒷말을 못 이으셨다.

아버지의 목소리가 그렇게 덤덤해지기까지
얼마나 잠 못 이루는 밤, 고통스러운 마음;
그 많은 것을 이겨낸 자기수양과 절제의 결과인지!
나는 안다.

입만 뻥끗해도 눈물이 쏟아질 것 같아,
아무 말도 할 수 없었다.
부모님 앞에서 목이 메어
눈물을 삼키려고 침만 꿀꺽꿀꺽 삼켰다.

그러고도 한참 시간이 흘러, 매달 고향의 부모님을 찾아뵈었는데,
밤늦게 공부하고 돌아오다, 연말 새벽에 눈 내린 빙판길에 미끄러져
뼈와 혈관을 크게 다쳐 반년 이상 움직이지 못해, 부모님을 찾아뵙지 못하고
매일 아침, 죄 없는 전화기만 들볶았다.

새해 아침에도 병원에 누워, 꼼짝 못한 채 전화만 드렸다.
"아버지, 오늘은 좀 어떠세요?" "나는 괜찮다. 너는 괜찮으냐?"
"저야 젊은 사람인데 아무렇지도 않습니다. 아버지만 건강하시면 됩니다."
"네가 다쳤다고 해서 눈물이 났다!"

무쇠 강철 같았던 아버지,
어떤 어려움도 평생 꿋꿋이 이겨내신 분.
그런 아버지의 눈에서 눈물이 났다.
나는 그런 아버지의 눈에 눈물이 나게 했다.

전화를 끊고 엉엉 울었다. 내가 다친 것이 불편하고 아파서가 아니라
자식의 몸이 아파 부모님 눈에 눈물 나게 하는 것,
그렇게 부모님 마음을 아프게 하고 걱정 끼치는 것,
그것이 이 세상에 가장 큰 불효.

"네가 다쳤다고 해서 눈물이 났다"고 말씀해 주시던
가슴 뭉클한 아버지 음성을 더 이상 들을 수 없다니, 참으로 기가 막히다.
"네가 다쳤다고 해서 눈물이 났다"고 말씀해 주시던
아버지가 얼마나 든든한 울타리였는지, 그리운 눈물이 그리움의 강물 같다!

“죽더라도”

병원에서 퇴원하여,
집에서 고향 부모님께 전화를 드렸다.
“어머니, 오늘 아버지 건강은 좀 어떠세요?”
“아무래도 여세가 얼마 안 남은 것 같다고, 얼마 뒤에 죽을 것 같다더라.
그래서 ‘죽더라도 영신이 나은 뒤에 죽으소.
지금 다리 다쳐 못 오니까’라고 말했다.”
“예?…”
“그렇게 말했더니, 네 아버지가 그러겠다고 하시더라!”

나는 내가 다리를 심하게 다쳐 부모님 걱정을 끼쳐 드려,
아버지 돌아가시기 전에 세상에 더없이 큰 불효를 했다고 생각했다.
그런데 어머니와 통화하고 나서,
내가 다리를 심하게 다쳐 못 움직이니까
아버지께서 나를 꼭 직접 만나 보시려고
온 힘을 다해 마지막 생명을 어렵게 이어가고 계시는 것을 느꼈다.
한 평도 안 되는 침대 감옥에 꼼짝없이 갇혀,
가슴이 터지도록 먹먹하였다.

“내 걱정은 하지 마라!”

아버지께서 돌아가시기 몇 달 전부터는 전화 통화가 점차 어려워졌다.
매일 아침에 전화를 드려 보지만,
어머니와 통화하다가 끊어야 했다.
아침에 아버지와 통화를 못한 날은 하루를 메어지는 가슴으로 시작하였다.
‘아버지께서 얼마나 힘드시면, 그렇게 좋아하시는 딸 전화도 못 받으실까?’

“오늘은 아버지 상태가 좀 나으시다” 고 어머니께서 말씀하시더니
참으로 오랜만에,
아버지와 감격의 전화 통화를 할 수 있었다.
“다쳤는데, 하는 일은 지장 없냐?”
“예, 아무런 지장 없습니다.”

아버지께서는 전화 통화가 가능할 정도의 건강 상태만 되시면
“하는 일은 지장 없냐?” 고 물으시며,
나를 걱정해 주셨다.
정신이 혼미한 극단적 상황에서도 전화받으실 수 있는 정도만 되시면
첫마디가 “하는 일은 지장 없냐?” 고 항상 물어 보셨다!

"누워서도 다리운동 하고, 손뼉 치고, 몸도 두들기고, 계속 움직이세요."
"내 걱정은 하지 마라!"
아버지께서는 꺼져가는 불씨 같은 상황에서도
끝까지 "내 걱정은 하지 마라"
꿋꿋하게 말씀하셨다.

누가 보아도 객관적으로 삶의 시간이 얼마 남지 않은
그 절박한 순간에도,
끝까지 자식에게 걱정을 끼치지 않으시려 했다.
끝까지 자식에게 짐이 되지 않으시려 했다.
그것은 자식이 자기 일에 충실하기를 진정으로 바라셨기 때문이다.

“보이지 않는 대단한 힘으로!”

지금까지 풀 수 없는, 죽을 때까지도 풀 수 없는, 간절한 궁금함이 있다.
국민학교 다닐 때 다른 친구들은, 할아버지 할머니 얼굴을 잘 아는데
나는 할아버지 할머니에 대해 이야기만 듣고, 단 한 번도 만나보지 못하였다.

‘우리 할아버지 할머니는 어떻게 생기셨을까?’
어린 마음에 늘 궁금하였다.
맨손으로 피난 오신 아버지, 할아버지 할머니 사진 한 장 없으니.

“할아버지 할머니와
마지막에
어떻게 헤어지셨어요?”

“아바지 오마니를 모시고 함께 피난 오려고, 급히 찾아뵈었는데
두 분께서 크게 찬송 부르시는 소리가 대문 밖 텅 빈 마을길까지 들려왔다.
날래 대문 열어달라고 문 흔들며 소리치니까, 찬송가를 멈추고 나오셔서

굳게 닫힌 대문의 빗장은 열어주지 않고, 대문 너머로
‘너 둘째구나. 날래 피난 가지 않고 왜 왔느냐?’
큰 소리로 벼락같이 호통을 치셨다!

'우리 노인들과 같이 가다가 피난길에 우리 가족 다 같이 죽는 것보다는,
너희들이 잠시만 공산당을 피해 이남에 내려가 있다가
금방 다시 만나자.

전쟁이 곧 끝날 텐데,
각자 살아 있다가
다시 만나는 것이 더 낫지 않느냐!'

대문을 열지 않고 단호히 말씀하셔서,
눈물을 머금고
순종할 수밖에 없었다.

이남으로 잠시 피신했다가
전쟁만 멎으면 고향 부모님께 곧 돌아오겠다고
뒤돌아 오는데,

부모님은
땅이 꺼질 듯 큰 소리로,
찬송가를 부르고 계셨다!

"와~ 대문을 안 열어 주시고, 찬송가만 크게 부르시다니
할아버지 할머니께서 참으로 강한 분이셨네요.
나 같으면 오히려 '날 데리고 가라' 고 다급히 붙잡았을 것 같은데."

"그래, 마지막 헤어질 때, 굳게 닫힌 대문 너머로, 아바지 오마니께서
'너희가 어디를 가더라도, 이 지구상에는 하나님이 반드시 계시니까,
하나님께서 도와주실 테니, 언제 어디서 무엇을 하든, 걱정하지 마라!' 하셨다.

그 말씀이 마지막 유언이 될지 모르고, 대문 너머로 들으며
잠시 헤어진 뒤, 영원히 아바지 오마니를 못 만나 뵈었지만
이북에서 고생하다 돌아가시는 순간까지, 늘 쉬임없이 기도하셨을 것이다.

아바지 오마니의 보이지 않는 그 간절한 찬송과 뜨거운 기도의 힘으로
내가 지금까지 인생의 고비 고비
수많은 죽음의 고비를, 이렇게 무사히 잘 넘겨 왔다.

이북에서 그렇게
이남의 자식을
헤어져서도, 항상 지켜 주셨다.

아바지 오마니께서는 참으로 강하고, 특별하신 분이셨다.
보이지 않는 대단한 힘이 있으셨다.
보이지 않는 대단한 힘으로 나를 항상 지켜 주셨다. 죽음의 고비, 고비마다!"

아버지께서는 부모님의 찬송가 들으며
'잠시' 헤어진,
그 기가 막힌 이야기를

내가 고향에 갈 때마다,
운명하시기 얼마 전 말씀하실 수 있을 때까지
가슴에 사무쳐 잊지 못하며, 두고두고 수백 번 이상을 말씀하셨다.

이제 아버지 돌아가셨지만, 이 딸의 마음속에 참 특별하신 분,
나를 늘 지켜 주시는 분.
보이지 않는 대단한 힘으로.

이북의 할아버지 할머니께서 이남의 아버지를 지켜 주셨듯이
아버지 어머니께서는 나를 지켜 주신다. 언제 어디서나 무엇을 하든,
보이지 않는 대단한 힘으로.

이북에서 이남의 자식을, 찬송과 기도의 힘으로 지켜 주셨듯이
저승에서 이승의 자식을, 맑은 영혼의 빛으로 지켜 주신다.
"보이지 않는 대단한 힘으로!"

놓지 못한 고향

실향의 아픔을 온 가슴에 안고 살아 오신지는,
돌아가실 때쯤 절실히 알았다.
"왜 죄 없는 불쌍한 북한 주민들이 고통 받아야 하느냐?
내가 아무 잘못한 것도 없는데 쫓겨나서, 왜 내 고향에도 못 가야 하느냐?"
병원에서 정신을 잃은 상태에서 계속 헛소리로 크게 고함치시는 것을 들으며
깜짝 놀랐다. 뇌졸중 후 의식을 잃은 헛소리를 통해 처음 들었다.

뇌졸중으로 입원하여 의식 없는 상태에서 외치는 아버지의 헛소리.
그런데 그 헛소리를 가만히 들어 보니, 앞뒤 연결은 전혀 안 되었지만
아버지 진심이 담긴,
인간의 도리에 대한 가르침이었고
아버지의 처절하다 못해 한 맺힌 인생이었고
아버지 존재의 바탕이고, 지향이며, 뿌리였다.

"신세 진 분들께 사과 한 상자씩 갖다 드려라!"
"북한의 불쌍한 동포들!"
"이남에 와서 크게 잘못한 것이 없는데,
왜 내 고향으로 안 보내 주느냐!"
"열심히, 책임감을 갖고, 올바르게, 사랑으로, 세계로!"
"찬미가를 들으니 마음이 편하다!"

의식이 하나도 없는 가운데, 온몸을 발버둥치시며 계속 절규한 헛소리.
"이북에서 크게 잘못한 것이 없는데, 왜 내 고향에서 쫓겨나야 하느냐?"
"이남에 와서 크게 잘못한 것이 없는데, 왜 내 고향으로 안 보내 주느냐?"
아버지께서는 정신이 오락가락하시며 돌아가실 것 같은데,
내가 당장 통일을 시켜 드릴 수도 없고,
침대 난간 붙잡고 눈물을 쏟았다. 병실에서 내가 오로지 할 수 있는 일…

찬송가 테이프만 닳도록 갈아 끼웠다. 끝나면 틀고, 끝나면 틀고.
순간순간 의식이 돌아왔을 때, "찬미가를 들으니 마음이 편하다!" 하시는
평화로운 아버지의 그 순간을 영원히 붙잡고 싶어서.
이북에서 헤어질 때 고향 부모님,
대문도 안 열어 주고 부르시던 찬송가.
그래서 찬송가가 부모님 품처럼 편안하셨을까, 어떤 진통제보다.

이제 저만치 다가온 주검의 그림자 앞에서
고향으로 가지 못하는 아픔은
그 무엇으로도 위로받지 못하는 상처로 남고,
한국 근대사의 대격동을 고스란히 겪으며
잃어버린 고향, 잃어버린 낙원.
아버지께서는 마지막까지, 이북의 고향에 대한 그리움의 끈을 놓지 못하셨다.

부모님께서 사시는 집에 가면, 「북한의 흙」이 플라스틱 통에 담겨 있었다.
아버지께서 돌아가시고 난 뒤, 그 「북한의 흙」을 우리 집에 갖다 두었다.
언젠가 남북통일이 되고 나면
평안남도 평원군 아버지 고향,
평원군 송림산, 소나무가 많이 우거져 있다는, 그리운 선산을 찾아가려 한다.
마지막까지 고향에 돌아가 묻히지 못한 아픔, 잃어버린 고향, 잃어버린 낙원.

「북한의 흙」, 돌아가실 때까지도 고향 산천을 찾고 싶었던 아버지.
고향의 아바지 오마니 뼛가루 흔적이라도, 송림산 더듬어 찾고 싶어서였을까?
이제 아버지 자유로운 영혼이 되어,
60년 동안 그리던 사무친 고향,
흙가루처럼 훠얼훨 날아가, 생이별한 그리운 부모님 만나셨겠지.
'몇 주만 헤어지면 될 줄 알았는데, 몇십 년 동안을 헤어져 있었구나' 하시며.

지금도
아버지 영정 사진 옆
「북한의 흙」은,
고향 갈
날을
기다리고 있다!

내 고향의 뿌리

나는 자라면서 6·25 전쟁의 참혹함을
아버지 무릎에서 끊임없이 들어왔다.
셀 수도 없는 시체를 밟고 밟아,
평양에서 대구까지 목숨 걸고 오셨다.

'공산당에 쫓겨 목숨 건지려고,
피난 내려오는 데까지 밀려서 내려 오다 보니
우연히 대구까지 오셨나 보구나.'
어릴 때는 그렇게 대충, 별 생각이 없었다.

그렇지만 내가 좀 컸을 때,
'나중에라도 왜 대구를 떠나지 않고
대구에만 계속 사시는지?'
궁금해졌다.

아버지께서 예전에
대구와 무슨 특별한 인연이라도 있었던 것인지,
왜냐하면 내 고향은 대구이기 때문에,
내 고향의 뿌리를 알고 싶어졌다!

"아버지,
이남에 다른 곳도 많은데,
왜 대구로 피난 오셔서 살게 되셨어요?
무슨 이유라도 있으셨어요?"

"공산당을 피해 어쩔 수 없이 고향을 잠시 떠나야겠다는 생각이 들기 시작했다.
부모님 집에 갔더니 '만약 피난 가게 된다면 어디로 갈 것인가?' 물으셨다.
이남에 전혀 아는 곳도 없는데,
어디로 피난 가자고 미리 답할 수 없었다.

그런데 아바지 오마니께서는 만날 때마다
자꾸만 자꾸만,
다급하게 다그쳐 물어 보셨다.
그 성화에 못 이겨,

답답한 마음으로 벽에 붙어져 있던 조선 지도에다가
부엌에 있던 부지깽이를 들어서,
눈을 꼬옥 감은 채, 꾸욱 갖다 대었다.
눈을 뜨고 지도를 보니, 부지깽이가 「대구」에 짚어져 있었다.

그때 이남에 「대구」란 곳이 있다는 것을 처음 알았다.
아바지 오마니께 '만약 피난 가게 된다면 대구로 가십시다' 말씀드렸다.
우리가 피난 가다 헤어져도 목적지를 알고 있어야 서로 찾을 수 있으니까.
부모님께서는 '만약 피난 가게 되면 대구에 있는 줄 알겠다!' 고 대답하셨다."

아버지께서는 피난 오실 때,
평양에서 출발하여 대구 방향으로, 무조건 대구만을 목표로 오셨다.
산을 넘고 강을 넘어, 시체를 넘고 넘어
평양에서 대구를 찾아 오셨다. 목숨만 부지한 채.

대구에 도착하여 더 이상 남쪽으로 피난길을 떠나지 않으셨고
대구 전체가 융단 폭격을 맞아, 즉사한다 해도
대구를 떠날 생각이 전혀 없으셨다. 대구는 아버지에게
도착해야 하는 최후의 목표였고, 죽어도 절대 떠날 수 없는 종착역이었다.

길에 떨어진 박스를 주워, 대구역 뒤 길바닥 살얼음판 위에 깔고 자면서
목숨 붙여 살기 시작한 대구, 부지깽이가 짚어 준 「대구」.
끝끝내 대구에서 사시다가, 평안남도 평원군과 평양을 끝끝내 마음에 품고
대구에서 돌아가셨다. 자식에게 가슴 저린 고향 산천 이야기를 남기시고.

아버지께서는
부모님께서 평양에 계신다고 알고 계셨고,
아버지의 부모님께서는
아들이 대구에 피난 가 있는 것으로 알고 계신다고, 아버지께서는 생각하셨다.

대구에 피난 가 있는 것으로 일생 굳게 믿으시고
사시는 날까지 대구의 아들만을 생각하시며
일생 동안 한 번도 가보지 못한 대구를 향해 마지막까지 쉬임없이 기도하시다
그렇게 돌아가셨을 아바지 오마니의 믿음을 끝끝내 저버릴 수 없으셨다!

옛날의 노래

아버지께서는 박자도 정확하지 못했고,
음정은 더 정확하지 못했다.
음악을 배운 적 없고,
고생으로 바빠 노래 부른 적 없으니,
더 그랬을 것이다.

그래서 나에게 피아노를 배우게 해 주셨던 것일까?
중학생 때 나는 둥. 둥. 둥. 피아노를 치며,
아버지께 노래 세 곡을 반주해 드렸다.
아버지께서는 나의 반주가 엉망이라도
피아노 치는 것 자체를 신통해하셨다!

아버지께서 이북의 고향이 그리울 것 같아, 두만강이 나오는 노래를 골랐다!

「두만강 푸른 물에 노 젓는 뱃사공,
흘러간 옛 노래에 내 님을 싣고서 떠나간 내 임은 어디로 갔소.
그리운 내 님이여, 그리운 내 님이여,
언제나 오려나.」

아버지의 타향살이 쓸쓸한 마음에 위로가 될 것 같은 노래를 골랐다.

「해는 져서 어두운데 찾아오는 사람 없어
밝은 달만 쳐다보니 외롭기 한이 없다.
내 친구 어디 두고 이 홀로 앉아서,
이 일 저 일을 생각하니 눈물만 흐른다.」

앞의 두 노래보다 밝고 어머니께서 좋아하시며 같이 부르실 노래를 골랐다.

「옛날에 금잔디 동산에 매기 같이 앉아서 놀던 곳.
물레방아 소리 들린다. 매기, 내 사랑하는 매기야.
동산 수풀은 우거지고 장미화는 피어 만발하였다.
옛날의 노래를 부르자. 매기, 내 사랑하는 매기야.」

그 뒤에 나는 대학교를 서울로 왔고,
그 뒤에 계속 공부를 했고,
직장생활로 너무나 바빠서
나는 아버지와 함께 '옛날의 노래'를 부를 시간이 없이,
완전히 잊고 지냈다.

그러면서 약 35년이
꿈결처럼 지났다.
아버지께서 뇌졸중으로 거동이 불편해지셨고,
매일 아침에
전화를 드렸다.

어느 날 전화하다 갑자기,
옛날에 아버지와 함께 부르던 노래가 생각났다.
둥. 둥. 둥. 피아노를 치며 부르던 노래!
아버지께 그 노래들을 함께 부르자고 했다.
점점 대화가 쉽지 않았기에

나는 전화를 들고,
중학생 때 아버지와 함께 불렀던 추억의 노래들을 불렀다.
아버지께서도 기억하시고 같이 하는 어눌한 소리가, 전화기 저편에서 들렸다.
나는 가슴이 짜안해져 왔다.
아버지께서 안 부르시겠다고 할 줄 알았는데…

그날부터 매일 아침 전화를 드리면,
같이 '옛날의 노래'들을 불렀다.
아버지께서 힘드셔서 "그만 부르자" 하실 때까지, 반복하고 반복해서 불렀다.
어떤 날은 셀 수 없이 여러 번, 같이 불렀다.
한 시간이 지나도록

아버지께서는 전화기를 붙잡고 나와 함께 노래 부르실 때,
참 행복해하셨다.
나는 철없는 중학생처럼 깔깔 웃으며,
전화기에 대고 항상 밝은 목소리로 노래했다.
가슴이 메고 눈물이 고였지만.

돌아가시기 얼마 전,
전화 통화로는 대화가 더욱 어려워지게 되었다.
대화가 어려워졌을 때에도
이 세 '옛날의 노래'만은
흥얼흥얼 따라 하셨다.

아버지 목소리는 들릴 듯 말 듯, 점점 작아지다, 조용히 끊어지곤 했다.
내 목소리는 천장이 들썩거리도록 점점 커졌다.
내가 크게, 우렁차게 부르면
아버지도 힘차게 부르실까!
아버지께서 못 보시는 눈물이, 뚝뚝 하염없이 떨어지고 있었다.

꼬옥 잡은 손

"영신아, …" "예, …"
"일이 바쁠 텐데, 날래 가거라!" "예, …"
내가 고향집에 도착하여 뛰어들어 가자마자,
누워 계신 아버지, 눈도 채 다 뜨시기 전에, 손 붙잡고 하시는 첫 말씀.

잠시 의식이 별로 없으신 상태에서도 내 이름을 헛소리처럼 부르시고,
쫓아가 손을 잡아드리면, 눈을 계속 감으신 채 꿈결처럼 희미하게
"일이 바쁠 텐데, 날래 가거라…" 는 말씀만 반복하셨다.
그러다가 가끔 "존경받는 사람이 되어라…" 고 하셨다.

"일이 바쁠 텐데, 날래 가거라…"
"예, …"
내 손이 쥐가 나도록 꼬옥 잡은 채,
그렇게 손을 꼬옥 잡은 채, 주말이 지났다.

얼마나 내 손을 꼬옥 잡고 계시는지,
피가 통하지 않을 정도로
무의식적으로 사력을 다해 내 손을 붙잡고, 놓아주지 않으셨다.
그리고 말씀은 계속 "일이 바쁠 텐데, 날래 가거라…"

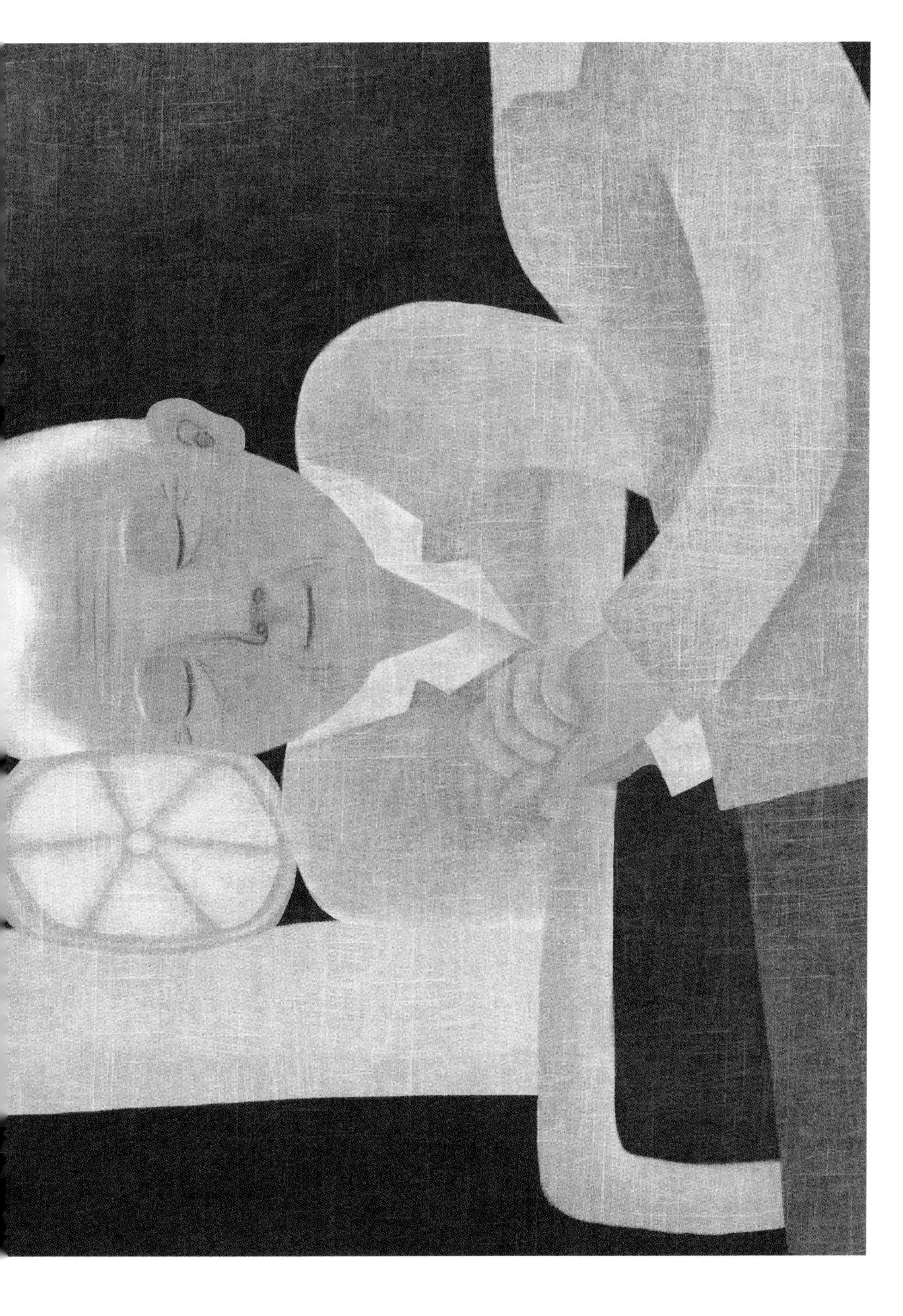

무의식적인 헛소리처럼,
꺼져가는 불씨처럼 희미하게
"일이 바쁠 텐데, 날래 가거라…"
"존경받는 사람이 되어라…"

그러기를 며칠,
정말 대구를 떠나야 할 시간이 되었다.
아버지께서는 정신이 혼미한 상태에서, 계속 같은 말씀만 되풀이하시며
꼬옥 잡은 손을 놓아 주시지 않으셨다!

마지막이 될지도 모른다고 생각하셨을까?
예매한 기차 시간이 안절부절 다가오는데, 내일은 출근해야 되는데
침대 위에 누우신 아버지.
꼬옥 잡은 손.

바르르 떨리는 손,
바르르 떨리는 마음.
아버지께서는 마지막까지도
나의 역할을 충실히 하길 바라셨다.

이제 아버지께서 떠나시고
피도 통하지 않을 정도로 오래 꼬옥 잡아 주셨던 손을 그리워하며.
대리석처럼 차가워지면서도 꼬옥 잡아 주셨던 아버지의 그리운 손,
삶의 힘든 순간에 붙잡아 주는 생명줄, 이 험한 세상을 헤쳐 가는 힘.

35년 만에 되돌려 받은 편지

'따르릉~' 거동 못하시던 아버지를 늘 목욕시켜 드렸던 효자 동생의 전화.
"누님, 아버지 돌아가시고 나서, 과수원 집 다락을 정리하다 보니
옛날에 누님이 대학생 때 아버지께 보낸 많은 편지들을
아버지께서 버리시지 않고, 다락에 별도로 잘 모아 두셨네요.
아무래도 누님께 다시 전해 드리는 것이 가장 좋을 것 같아서
다음에 뵐 때 편지들을 모두 전해 드리겠습니다."

깜짝 놀라, 연애편지 받는 것보다 더 쿵닥쿵닥 뛰는 가슴으로 기다렸다.
35년 전, 내가 아버지께 썼던 안부 편지를
아버지 돌아가시고
이제, 그리운 가슴 저미며 되돌려 받게 되다니.
싯누렇게 빛바랜 편지 봉투를 열려니
떨리는 손끝을 주체할 수 없었다.

35년 동안 변하지 않은 너무나 낯익은 나의 글씨들이
밤하늘 별처럼 편지지 위에, 그대로 영롱하게 새겨져 있었다.
진부하리만큼 모범 답안 같은 편지 내용도, 그때나 지금이나 변함없었다.
그렇게 익숙하고 평범한 내용들인데, 왜 가슴은 떨리고 울컥하는지.
아버지께서는 딸이 보낸 편지를 소중히 모아두셨구나, 과수원 집 다락에.
삶이 힘드실 때마다, 한 번씩 꺼내 읽어 보셨을까! 딸이 보낸 안부 편지.

이제 아버지께서는 훌훌 떠나시고
내가 아버지께 보내드렸던 안부 편지만 다락에 남아.
아버지께서 서울로 유학 보낸 딸이 부친 편지를 밤마다 읽으시며
과수원 뙤약볕 피로도 잊으시고
허리 펴기도 잊으신 채, 열심히 일해 부쳐주신 등록금.

철없던 딸, 부모님은 돈 나오는 요술방망이인 줄 알았다.
"등록금 보내 주세요" 하면 등록금이 뚝딱!
"책값 보내 주세요" 하면 책값이 뚝딱!
태풍에 사과나무 다 쓰러졌어도, 어떻게 해서든 등록금은 제때 왔다.
빚쟁이 빚 독촉하듯, 그 모든 것이 당연한 줄 알았던 나.

하염없이 흐르는 눈물이 앞을 가린다.
부모님 뼈 빠지는 고생 덕분에, 내가 편안히 공부했는데
이제, 부모님의 고생을 진정으로 알고, 내가 폐부 깊숙이 감사하게 되었을 때
이미, 아버지께서는 이 세상에 계시지 않는다.
갚을 길 없는 부모님의 은혜.

이제 나는, 아버지께 맛있는 음식 사드릴 수 있는 돈도 벌고
고급 요리가 나오는 식당도 많이 알고
언제든 시간 내어 승용차로 편안히 모시고 갈 수도 있는데
이미 아버지께서는, 이 세상에 계시지 않는다!
아무리 간절해도 내가 보내드린 '안부' 편지만, 세상에 호젓이 남겨 두시고!

"내 아이를 교육시키고 여력이 남으면"

"그동안 너희들을 낳아 기르며,
돈이 없어서, 하고 싶어도 하지 못한 공부를
내 자식들에게만은 제대로 시켜야겠다는 일념으로 살아왔다!

그리고 내 아이를 교육시키고 여력이 남으면,
능력이 있어도 가정형편이 어려워 학교에 가고 싶어도 못 가는 아이들에게
장학금을 주고 싶었다.

피난 와서 살아온 도시의 중학교와 고등학교에서 모범학생들을 추천받아
6년 동안 40개 학교의 수백 명 이상 학생들에게 장학금을 주었다.
삶의 터전이 되어준 고마운 지역사회의 시민들을 위한 일을 하고 싶었다.

과수원이 있는 시골의 국민학교와 중학교에도 장학금을 주었다.
10년 동안 시골 학교의 수백 명 이상 학생들에게 장학금을 주었다.
과수원 논밭이 일터였기 때문에, 그 지역주민들을 위한 일도 하고 싶었다."

돈이 많아서가 아니라, 그때그때 돈이 허락되는 범위 내에서 최선을 다함.
사람들에게 인정받기 위해서가 아니라, 진정으로 마음에 우러나서 함.
새로운 삶의 터전, 일의 터전이 되어준 땅에 감사하는 마음의 빚을 갚음.

나는 태어난 고향을 떠나와 직장을 가진 지 20년이 지났건만
지역사회 주민들을 위해 장기적으로 기획해, 자발적으로 실천한 일이 없다.
그저 내 눈앞의 다급한 일들만, 늘 허덕허덕 해왔을 뿐이다.

"아버지,
장학금을 주신 학생들 중에
누가 기억에 가장 많이 남으세요?"

"인성이 반듯했던 은주는 시골 국민학교에서 매우 우수한 학생이었다.
계속 장학금을 주려고 은주가 어느 중학교에 갔는지 학교에 문의했더니,
공단에 취직하기 위해 구미로 연수 갔다는 말을 듣고 너무나 마음이 아팠다.

그 어린 나이에, 다른 친구들은 학교를 다니는데…
은주를 찾아 구미공단에서 데리고 와, 중학교를 안 보내려는 부모를 설득해
중학교와 고등학교까지 걱정 없이 공부할 수 있도록 뒤를 보살펴 주었다.

여상을 졸업하고 현재 한미은행 과장까지 되었다.
직장에서 인정받고 있는 은주의 소식을 들을 때마다,
참으로 기쁘고 보람이 있다.

또, 칠성시장에서 리어카를 끌며 물건을 옮기는 분이 계셨다.
그분 아들이 아버지를 도와, 뒤에서 리어카를 밀어드리는 것을 보았다!
주경야독하면서도 아들이 머리가 좋아 공부를 매우 잘 했다.

아들이 대학 가고 싶어하는데, 부모가 보낼 수 없는 고통을 나에게 말했다.
아무리 리어카를 열심히 끌어도, 자녀 교육비를 감당하기에는 역부족이었다.
아들이 서울대 법대를 응시하고 싶어해서, 부모를 잘 설득했다.

아들이 서울대 합격하면 학비를 대어주고 뒤를 보살필 테니 걱정하지 말고,
아들이 서울에 올라가서 시험 치는 것을 허락하도록,
여비를 보태어 주었다.

그런데 서울대 법대에 떨어지게 되었다.
아들도 아버지도 크게 실망하였다.
그 뒤에 격려해서 다른 대학교에 시험을 쳤는데, 거뜬히 합격이 되었다.

원래는 서울대 법대에 합격하면 서울에서의 학비와 생활비를 주려 했지만,
장래성 있는 청년이라서 지방대학교를 다니는 동안에도 뒤를 지원해 주었다.
졸업한 뒤에 은행에 취직해 계속 승진하더니, 인정받는 지점장까지 되었다.

어린 나이에 시장에서 아버지의 리어카를 열심히 밀어드리던 착한 소년이
은행지점장이 되어 은혜를 잊지 않고 감사 안부를 전할 때마다,
좋은 일을 한 보람이 있다."

「품행이 단정한」

「1984년 1월 경영 방침」에 써 놓으신 아버지의 과수원 경영 목표를 보면,
풍년이 되어 이익이 났을 때에는 장학금 주는 일에 힘쓰겠노라 다짐하셨고,
장학생 선발 기준에 대해서도 명확하게 밝혀 두셨다.

「첫째는, 공부를 잘하는
둘째는, 품행이 단정한
셋째는, 가정이 빈곤한」

장학생 선발 기준에,
공부를 잘하는 능력만이 아니라
품행이 단정해야 한다는, 인성의 측면이 분명히 포함되어 있었다.

공부를 잘하는 것도 중요하지만
그러한 지식은 올바른 인격에 기초해야 한다는 생각을 하심으로써,
지력과 심력의 조화에 초점을 두셨다!

아버지께서는 교육학을 전공으로 배우신 적도 없는데
어쩌면 이렇게 이상적인 인재 육성 방향을
스스로 깨닫고 실천하셨을까?

「가정이 빈곤한」!
그렇게 써 놓으신 아버지의 강직한 필체에 눈이 머물면
스르륵 맺히는 눈물.

가정이 빈곤해 다니기 어려웠던
소학교 시절 아버지 이야기,
들리는 듯하여.

풍금

유치원도 다니기 훨씬 전,
아마 서너 살 경이었을 것 같은 아주 어렸을 적.
가물가물 희미하지만, 그러나 결코 잊히지 않는,
골수까지 박힌 기억이 있다.

아버지 무릎에 앉아 삼륜트럭을 타고
어딘지 모르는 꼬불꼬불 시골길을 갔다.
조금만 잘못 하면
논두렁 밭두렁에 트럭바퀴가 빠질 것 같은 좁은 길이었다.

십자가가 지붕에 달려 있는 무너질 듯 허름한 집 앞에, 트럭이 멈추어 서고
아버지께서는 나를 안고 트럭에서 내렸다.
싸리문 안에서 사납게 생긴 큰 개가 달려들 듯 컹컹 마을이 떠나도록 짖더니
점잖아 보이는 분이 '웬 트럭인가?' 고개를 내밀며 나오셨다.

대문을 열고 나오신 분이 풍금을 보자 눈이 휘둥그레지며
"아니, 이 풍금을 누가 보냈어요?" 질문하였다.
"어떤 분인지 모르겠는데, 이 교회에 갖다 드리라고 해서 전하러 왔습니다."
그 뒤 아버지께서는 두 번 다시 그 교회를, 말씀은커녕 기억조차 않으셨다!

시골 할머니 몇 분이 모여 쭈그려 앉아 예배드릴 것 같은
작고 누추한 공간.
허물어질 듯한 흙벽 시골교회 단상 옆에 풍금을 옮기곤,
금방 되돌아왔다.

아버지께서는 일생 아무 말씀 없었지만,
나는 나이가 들어가며 저절로 알게 되었다.
아버지께서 풍금을 사, 시골교회 여러 곳에 기증하셨다는 것을,
이름도 없이.

진정한 선행은
오른손이 하는 일을 왼손도 모르게 하는 것이며,
진정한 신앙인의 삶이 어떠해야 하는가에 대한
믿음의 길을 보여 주셨다.

아버지께서는 일요일도 없이
과수원에서 뼈 빠지게 일해
계속 풍금을 사셨다.
아버지의 교회는 과수원이었다!

거지 잔치

내가 고등학생 때,
아버지께서 회갑을 맞으셨다.
요즘은 평균 수명이 늘어나 쑥스럽게 회갑 잔치를 하는 경우가 별로 없지만
40년 전만 해도 회갑은 큰 경사로, 크든 작든 잔치를 하는 경우가 많았다.

그런데 집에서 하시는 아버지 회갑 잔치에
그럴듯한 양복 입은 말끔한 손님들이 아니라
실타래처럼 엉킨 머리카락, 껌정 연탄 칠한 듯한 얼굴,
떨어져 너덜너덜한 옷,

다리 밑에 사는 거지와 넝마주이들이 한꺼번에 몰려 들어오기 시작했다.
나중에 알고 보니, 아버지께서 미리 대장들에게 말씀해 초대하신 것이었다.
아침부터 밤까지 하루종일,
거지와 넝마주이들이 1교대, 2교대, 3교대…

마당에는 사과 담는 나무상자를 길게 두 줄로 놓고
한 줄에는 모두들 의자처럼 품위 있게 걸터앉아서,
또 한 줄에는 밥, 미역국, 국수, 김치, 빈대떡, 잡채…
식탁처럼 올려 놓고서.

얼마나 무수히 다녀갔는지
셀 수가 없었다.
그중에는
낯익은 사람도 있었다.

아침마다 숟가락으로 깡통 두들기며, "밥 좀 주소" 문 열고 들어오던 거지들,
동네 쓰레기통마다 헤집으며, 긴 집게로 쓰레기 주워 모으던 넝마주이들.
아버지 회갑날에는
찌그러진 빈 깡통도, 거추장스런 긴 집게도 들지 않았던 초대 손님들.

하루종일 눈이 휘둥그레 있었던
나의 두 눈동자에
영원히 지울 수 없는 잔상,
아버지의 거지 잔치!

청소부 이야기

"어느 날 아침, 신문을 보는데 이런 기사를 읽었다.
「청소부가 새벽에 큰길에서 청소하다가, 달려오는 차에 치여 죽었다.」
그래서 청소부 집을 알아내어, 쌀 한 가마를 대문 안에 살짝 가져다 두었다.
남은 식구들을 위해!"

약간 당황스러웠다,
나와 너무 달라서.
약간 혼란스러웠다,
친척도 아닌데.

약간 어이가 없었다,
험한 이 세상을 어떻게 살라고.
그렇지만 고개를 크게 끄덕였다.
'역시, 우리 아버지.'

나는 같은 신문 기사를 읽고도
'아~ 그런 딱한 일이 있었구나.'
그리곤 즉각, 그다음 기사를 읽는다.
기사를 냉철한 눈으로 읽는다. 머리는 정보만 정리한다.

아버지께서는 같은 신문 기사를 읽고도
'아~ 그런 딱한 일이 있었구나.'
그리곤 즉각, 마음에 우러나는 대로 행동하신다.
기사를 따스한 영혼으로 읽으신다! 마음은 행동으로 연결된다.

그 작은 차이
참으로 큰 차이.
하늘
땅만큼.

두 번 놀란 경노일

"나중에 집에 갈 때, 이 수건 몇 장 갖고 가거라."
"음력 7월 26일은 경노일이라고 쓰여 있네요. 이 날이 무슨 날이에요?"
"네 할아버지 생신날이다."
"예?…"
아, 아버지의 창의성!

나는 그때 처음으로, 이북에서 돌아가셨을 할아버지 생신날을 알게 되었다.
그것은 90대 노인이라고 아버지께서 동사무소에서 받은 수건이 아니라
노점상이나 양로원 노인들에게 나누어 드리기 위해 아버지께서 만드신 수건.
「경노일 (음) 7월 26일」
그렇게 새겨져 있었다.

수건에라도 새겨야 하셨던 아버지의 애통한 마음,
이북에서 같이 피난 오지 못한 부친이 얼마나 못 견디게 그리우셨으면.
생신을 차려 드리지 못하는 마음이 얼마나 말할 수 없이 고통스러웠으면.
그러나 그저 아파하기보다,
한 맺힌 아픔을 승화하여 향기로 나누셨다.

“저는 몰랐는데, 음력 7월 26일을 경노일로 언제부터 정하셨어요?”
“피난 와서 50여 년 동안 지금까지 계속, 아바지 생신날을 경노일로 정해
경로잔치를 하고, 어려운 노인들에게 연탄, 쌀, 국수, 생필품을 전해 왔다.”
“예?…”
아, 아버지의 진정성!

국가가 「1991년 10월 2일, 노인의 날」을 제정하기 몇십 년 전부터
혼자서 스스로 경노일을 정해, 기왕이면 부친 생신날을 경노일로 정해
버려진 노인들이 모여 사는 양로원에, 그때그때 힘닿는 대로 지원하시다니
진정성은 창의성을 낳았다.
두 번 놀란 경노일.

돌아갈 곳 없는 사람들

아버지께서 90세 지난 해, 내가 고향에 갔을 때
버거운 살림에 아끼고 아낀 돈을 모아
경상북도 지역의 임야를 구입하고
돌아가지 못하는 고향의 이름을 따서 동산의 이름을 붙여
그것을 평원군민회에 기증했다고 말씀하셨다.

"이북에서 피난 와 타향살이하며
고향에 묻히지 못하는 것만도 서러운데,
타향에서 가난하게 살다가
죽어도 묻힐 곳 마땅하지 않는 사람들.
그보다 안쓰러운 일이 어디 있겠느냐?

살아서 집 없는 사람보다
죽어서 돌아갈 곳 없는 사람이 더 불쌍한 것이니,
그들의 장지 마련을 조금이라도 돕고 싶었다!
생활이 어려운 실향민 누구든,
원하면 이곳에 자유롭게 묻힐 수 있게 해라."

돈 많은 부자들이 보기에 시골 임야 그 정도는, 전혀 아무것도 아니다.
그러나 농사를 지어 자녀를 교육시키고 90세 넘어 남은 호주머니 돈을 털어,
타향에서 어렵게 사는 사람들이 영원히 휴식할 수 있는 안식처를 마련한
농부의 그 진정한 마음과 소박한 실천은
이 세상 무엇보다 귀하다.

이북에 남아 계셨던 아바지와 오마니의 임종을 모시지 못한 죄스러움을
죄책감의 무거운 무게로만 지고 있는 것이 아니라
생이별이 된 한 맺힌 마음의 고통과 슬픔도,
고향 선산에 가지 못하는 좌절도
고요히 아름답게 승화시키다!

만세 삼창

"소학교 졸업식에서 졸업생 대표로 답사를 읽으라고 선생님께서 말씀하셨다.
그날 이후, 매일 동네 뒷산에 올라가 많은 생각을 했다.
그리고 아무도 없는 산에서, 온 힘을 다해 용기를 내어 연습을 했다.
드디어 졸업식 날,
일본 순사들이 시퍼런 칼을 차고, 운동장 뒤에 서 있었다.

단상에 올라가서,
일본인 선생님께서 다 써 주신 정해진 답사 대신에
교탁을 주먹으로 치며 후배들을 향해, '인간답게 살아라!'를 크게 외친 뒤에
'조선 만세! 조선 만세! 조선 만세!' 만세 삼창을 했다.
엄숙하던 졸업식장은 갑자기 전쟁터같이 아수라장이 되었다.

극도로 분노한 일본 순사들이 앞으로 뛰어나와, 그대로 질질 끌려갔다.
그것이 세 번째 죽을 고비였다. 쥐도 새도 모르게, 감옥에서.
그런데 뜻하지 않은 하늘의 도움이 있었다.
소학교의 일본인 교장선생님께서 감옥의 간수장을 매일 찾아 오셔서,
제발 감옥에서 풀어줄 것을 간청하셨다.

일본인들로부터 존경받고 신뢰받는 교육자인 일본인 교장선생님께서
나를 책임진다는 각서를 쓰셨고,
그 보증으로 감옥에서 풀려났다.
일본인이라고 해서 순사처럼 극악무도하게 나쁜 사람만 있었던 것은 아니고
교장선생님처럼 훌륭한 교육자도 있었다.

학적부에는 품행이 최하인 「병(丙)」으로 적혔다. 6년 개근을 하고도
수업료 내지 않아도 다닐 수 있는 사범학교 진학의 꿈은 완전 끝장이 났다.
꼬리표처럼 따라 붙게 된 「병(丙)」은 원서를 쓰는 데 아예 자격 미달이었다.
일제 치하에서 더 이상 공부를 못하게 되었다.
아무리 공부를 하고 싶어도!"

"조선이 잘살 때까지"

내가 국민학교 저학년 때,
매우 이상하다고 생각되는 일이 있었다.
학교에 가면 남자 선생님 책상에는, 으레 재떨이에 담배꽁초가 수북했고
아버지 친구들을 보아도, 친척들을 보아도, 남자 어른은 모두 담배 피우는데,
그래서 남자 어른은 다 담배를 피우는 것인 줄 알았는데
이상하게도 우리 아버지께서는 담배를 절대 입에 대지도 않으셨다.

"아버지께서는 왜 담배를 안 피우세요?"

"아주 어릴 때의 일이다.
그때는 담배가 너무나 귀해, 담배 배급을 받으려면 길게 줄을 서야 했다.
시퍼런 칼을 찬 일본 순사들이, 줄을 제대로 안 선다고 늙은 동네 노인을
짐승처럼 발길질하면서 걷어차서, 노인이 뒤로 나자빠지는 광경을 보았다.
사람 취급을 못 받고 쓰러지는 조선 노인을 보면서, 어린 마음에 결심했다.
'조선이 일본보다 잘살 때까지는, 절대 담배를 피우지 않겠다!' 고."

일제 강점기에서 벗어나, 이미 8·15 해방이 된 지 60년이 훨씬 지났고
조선은 대한민국이 되어 GDP 2만 불 시대를 살고 있어도,
아버지께서는 돌아가실 때까지 담배를 한 모금도 피우지 않으셨다.
그것은 건강관리를 위한 금연이 아니라, 어릴 때 결심을 지키기 위한 것.
무엇이라도 한 번 결심을 하면, 목숨이 다할 때까지 그 결심을 지키셨다.
무엇을 한 번 결심하고, 3일 이내 결심이 무너지거나 잊어버리는 나와 달랐다.

아버지 같았던 조만식 선생님

뇌졸중으로 거동이 어렵게 되기 바로 직전에,
미리 예견이나 하신 것처럼
"을지로에 있는 「고당 기념 사업회」에 가자"고 갑자기 연락하셨다.
대구에서 일부러 올라오신 부모님을 모시고, 고당 기념 사업회를 찾아갔다.
임원인 옛 친구들을 얼싸안고 반갑게 만나,
고당 조만식 선생님에 대해 가슴 절절한 이야기를 나누셨다.

"해방 이후 신탁통치 반대운동을 하시다
목숨을 위협받으며 감금되셨을 때,
공산당을 피해 이남에 월남하시라는 권유를 아무리 해도
끝끝내 뿌리치셨던,
자신의 목숨보다 백성을 아꼈던,
고당 조만식 선생님은 이 시대의 참 지도자였다."

"조만식 선생님과 어떻게 아시게 되셨어요?"

"오마니와 나는 조만식 장로님과 같이 평양 산정현교회를 열심히 다녔는데
어릴 때 조만식 장로님이 이름을 부르시며,
늘 머리를 쓰다듬어 주셨다!
컸을 때는 국가와 민족에 대한 속마음을,
자식처럼 터놓고 말씀하셨다.
나중에 주기철 목사님이 부임해, 다 같이 뜻을 모아 신사참배 반대를 했다."

아버지의 일생에 가장 큰 영향을 주신 어른은 조만식 선생님이셨다는 것을,
아버지께서 돌아가신 뒤에 아버지를 회고하며
다시금 깊이 느끼게 되었다.
어릴 때 우리 집은 다른 친구들 집과 달랐다.
학교도 아니고 관공서도 아닌데 현관문을 열고 들어가면,
벽 정면에 태극기 액자가 걸려 있었다.

그 태극기는,
어릴 때 늘 머리를 쓰다듬어 주신 아버지 같았던 조만식 선생님.
자신의 목숨보다 백성을 아끼며, 민족의 나아갈 길을 찾으셨던 조만식 선생님.
마음속에서부터 우러나 존경했던 어른, 참 스승 조만식 선생님에 대한 그리움.
조만식 선생님께서 남기신 살아 있는 말씀과 얼,
그리고 평생 가장 존경해온 삶과 돌아가심에 대한 사무침!

“네가 한국인이라는 사실을”

내가 일본 교토에서 발표가 있다고 전화 드렸더니
대구에 계신 부모님께서 김포공항에 배웅 가시려고, 일부러 우리 집에 오셨다.
안 오셔도 된다고 한사코 전화로 말렸지만, 부모님의 의지를 꺾을 수 없었다.

아버지께서는 위암 수술을 받으신 지 얼마 되지 않아
계속 병원에 검사받으러 다니셔야 하는, 좋지 않은 건강상태였는데
몹시 무리를 하시며 어머니와 함께 오셨다.

다음 날, 김포공항 직행버스 좌석에 앉자마자
아버지께서는 내 오른손을 꽈악 잡으셨다.
그리고 김포공항에 도착할 때까지, 한 시간이 훌쩍 지나도록 놓지 않으셨다!

고정된 자세로 꼼짝도 않으시고, 얼마나 힘껏 잡고 계셨는지
처음에는 손가락에 피가 통하지 않더니, 그다음에는 손이,
그다음에는 팔이, 그다음에는 어깨까지, 마비되는 것 같았다.

그러나 나는 팔이 저리니 손을 놓으시라는 말도, 몸짓도, 일체 할 수 없었다.
아버지께서는 단 한 마디도, 아무 말씀도 없으셨지만
꼭 유언을 남기는 사람처럼, 너무나 절박한 무언가를, 전하려는 듯하셨다.

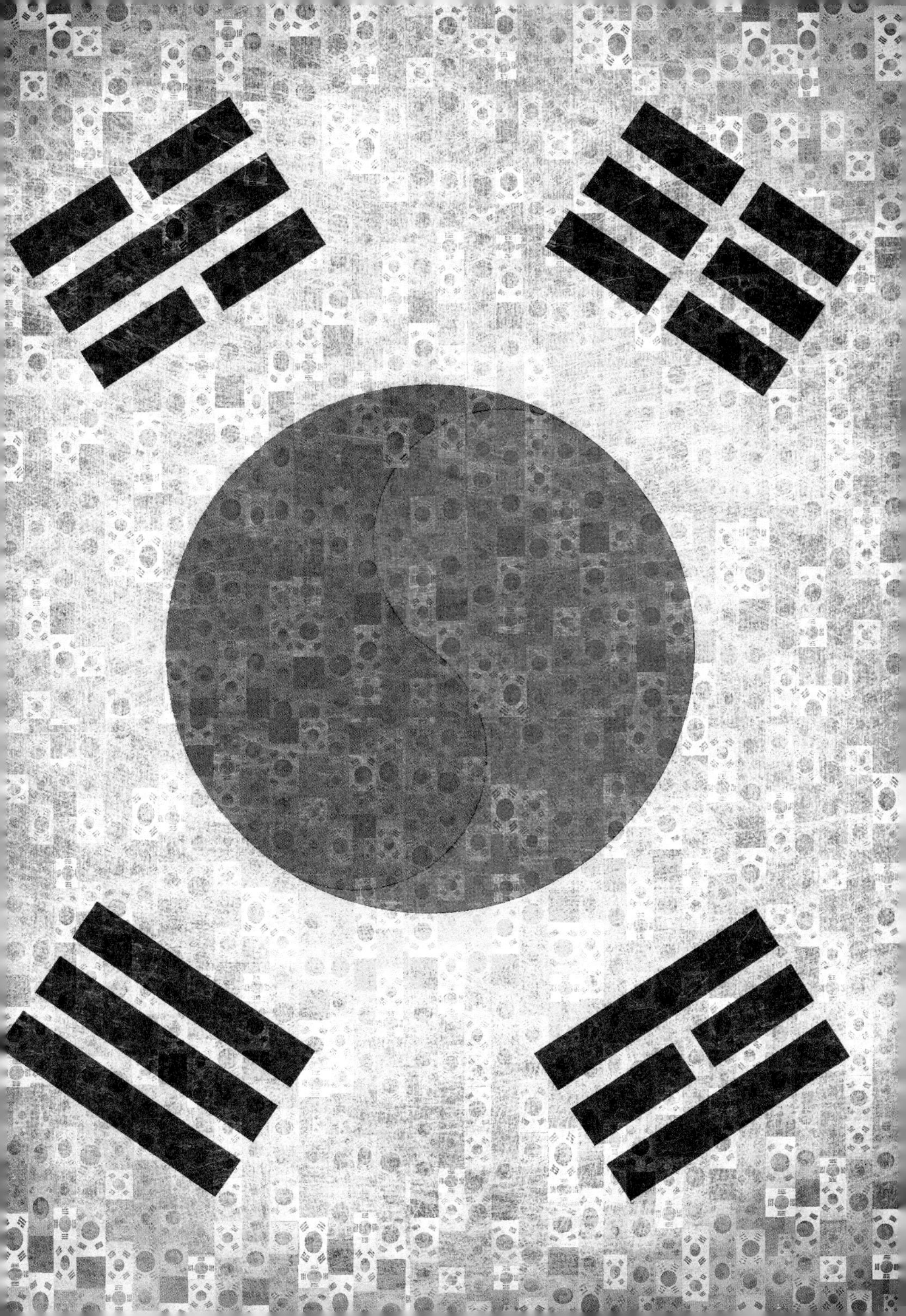

공항에서 비행기를 타러 들어가기 직전 헤어질 때, 딱 한 말씀만 하셨다.
"일본에 가서 발표 잘 하고 돌아오너라.
네가 한국인이라는 사실을 절대 잊지 말고!"

아버지의 파란만장한 인생,
일본 순사들이 3·1 운동하던 사람들 칼로 마구 찔러 피 흘리는 모습 보셨고
일제 강점기 칼날 앞에 나라 없이 살아온 삶, 사람 취급도 못 받고.

꿈에도 그리던 8·15 해방이 되었고
악몽 같았던 6·25 사변 이후
피난민 타향살이 또 죽을 고생하며

열심히 지은 사과 농사, 서울에 유학 보낸 자녀 학비,
이제 몇십 년이 지나, 그 자녀가 당당한 대한민국 국민의 자격으로
일본에 가서 연구 발표를 하게 된 것이다. 일본 사람과 어깨를 나란히 하며.

내가 그 어떤 나라에 갈 때보다, 일본에 갈 때
위암 치료 중에도 공항에 마중 나오셨던 아버지의 그 절절한 마음,
일제 강점기 나라 없는 서러움에 빠져렸던 백성의 회복된 자부심.

자식 농사에 남은 인생을 바쳐 온 아버지의 비장한 표정.
나는 태어날 때부터 조국이 있었기에, 나라 없는 서러움을 전혀 알지 못한다.
그렇지만 나도 모르게, 덩달아 비장해지는 마음.

새 모이

고향에 갔을 때,
아버지와 함께 아파트 뒤의 팔공산에 운동을 나갔다.
나는 곧장 뒷산 가는 길로 향하려고 하는데
아버지께서는 아파트단지 사이의 작은 동산으로 발길을 향하셨다.

나는 '무슨 일인가?' 하고 방향을 바꾸어
아버지 뒤를 따라 올라갔다.
큰 나무 아래 서신 아버지, 다듬어진 순서로 몸에 맞는 맨손체조.
엉겁결에 아버지 근처에 선 나, 즉석에서 지어낸 순서 없는 맨손체조.

철저한 준비운동으로, 마디마디 관절관절 몸을 완전히 푸시는 아버지!
등산화만 신으면 아무 준비운동 없이, 20년을 휙휙 올라다닌 경솔한 나.
어디 등산뿐이랴,
매사에 준비가 부족한 나.

한참 동안 충분한 준비운동 뒤에, 마지막 숨쉬기 마무리 단계를 끝내시길래
나는 후다닥 동산을 뛰어 내려왔다.
아버지께서 뒤따라 내려오시는 줄 알았는데,
보이지 않는 아버지.

주위를 돌아보니,
아버지께서 동산 저쪽에
몸을 구부리고 무언가를 하고 계셨다.
'무슨 일인가?' 궁금함에 좇아가 보았다.

소나무 뒤쪽
합판 널빤지 위에,
영문 모를 흰 쌀들이
흩어져 있었다.

"웬 쌀이에요?"
"요즘 계절에는 날아가는 새들이 먹을 것이 별로 없다!"
다른 주머니에서도 집에서 넣어온 쌀을 꺼내
널빤지에 뿌리시는 아버지.

아버지와 나
아무 말 없이
큰 산을
걸어갔다.

아버지, 어떤 말도 필요 없는 분.
소리 없는 소리 있음!
나, 입을 떼면 뗄수록 가벼워지는 사람, 몸 움직임은 더 요란한 사람.
소리 있으나 소리 없음.

하늘에는 뜬 구름, 두우둥실 떠가고 있었다.
나, 공중 나는 새가 굶는 것에 대해 인식해 본 적이 없는
나, 내가 굶지 않도록 골똘히 생각하는 것으로 꽉 차 있는
나, 내가 굶지 않는 것만 생각하기도 너무나 벅차게 바쁜

나, 내가 굶지 않는 것을 생각하며 스스로 만족하는
나, 내가 굶지 않도록 해 주시는 절대자에게 감사하는
나, 뜬 구름
떠가고, 맑은 하늘에.

가고, 오는 이치

"참 이상한 일도 있더라!"

"어떤 일이 있으셨는데요?"

"칠성동 주택에 살 때,
산격동 수도산에 매일 새벽, 새 모이를 갖다 주었다.
그렇게 수십 년 했더니,
산에서 새들이 내 어깨에 내려와 앉기 시작하였다."

"와~ 정말 그런 일이 있었단 말이에요?"

"지금 아파트에 살면서,
팔공산에 가며 매일 새 모이를 몇 년 갖다 주었더니
어느 날 새벽 팔공산에서 내려오는데,
새가 또 내 어깨에 내려와 앉았다."

나, 새를 잡으려는 것도 아니고 사진만 찍으려고
조심조심 소리 없이 근처에만 가도
연경산, 문학산 새들이 다 날아가
20년간 한 마리 사진조차 제대로 찍을 수 없는데.

아버지, 새를 부르시지도 않고
터벅터벅 새벽 산길 홀로 내려오셔도
수도산, 팔공산 새들이 스스로 날아와
절로 어깨에 사뿐히 앉는구나.

잡으려고 한들 잡히는 것이 아니고
놓는다고 한들 없어지는 것이 아니라
모든 것이 마음에 있고,
마음으로 통해야 한다는 것을.

가고,
오는
이치.
마음!

10년 뒤의 사과나무

과수원에 갔더니, 사과가 몇 박스 나오는 큰 사과나무들이 베어져 있었다.
깜짝 놀란 나, "아버지, 저렇게 싱싱한 사과나무들을 왜 베어요?"

덤덤한 아버지, "지금 이 나무들의 수확이 좋지만, 10년 뒤에는 노목이 된다.
그래서 지금부터 사과밭 일부를, 매년 어린 묘목으로 바꾸어 나가고 있다."

"예? 어린 묘목은 지금 당장 사과가 안 열리잖아요?
너무 손해가 크잖아요?"

"지금은 어린 묘목이지만, 10년 뒤에는 수확이 좋은 사과나무가 될 것이다.
그렇게 해야 계속 살아 있는 과수원이 될 수 있다."

그때 아버지 연세는 80대였다.
아버지께서는 10년 뒤의 과수원을 준비하고 계셨다!

참 이상한 일이다. 시간이 지나면 잊혀져야 하는데
이 대화는 오히려 시간이 지날수록 잊혀지지 않고

나이가 들수록, 새록새록 마음속에 선명히 떠올랐다.
삶을 어떤 시각에서 바라보고 행동해야 할 것인가?

80세에도,
마음속 은퇴가 존재하지 않았던 아버지.

나는 60세도 되기 전에,
은퇴 뒤를 준비해야 할 것 같은 조급한 마음.

몸을 바로 세워 고개를 들고,
오늘도 돋보기를 끼고 컴퓨터 앞에 앉는다.

돋보기 너머 모니터 화면은 뿌옇지만,
마음속 아버지 모습은 더욱 선명하다!

10년 뒤 과수원을 꿈꾸며,
사과 열리는 큰 나무를 베고

어린 묘목을 심던
백발이 성성했던 80대의 아버지!

20년간 직업에서 승진하고 성취했어도
나는 아직도 탐심의 노예.

앞으로 나는 살아가면서,
아버지처럼

지금 사과가 주렁주렁 달리고 있는 큰 나무를
베어낼 용기가 있는가?

어린 묘목을 심으며 10년 뒤에 달릴 사과를
꿈꾸는 비전이 있는가?

90대 너머 인생의 마지막까지
혼신을 다할 열정이 있는가?

모든 것을 하늘에 맡기고
최선을 다하는 겸손과 지혜가 있는가?

50년 뒤를 살다

지금부터 50년 전, 대한민국 사회의 일반적인 가치는
7공주를 낳았어도, 아들 낳기 위해 또 자녀를 가져야 하고
여자는 시집 잘 가는 것이 중요한 인생 목표, 중년 여성은 전업주부인 시대.

내가 열 살도 안 되었을 때
"나는 커서 훌륭한 사람이 될 거야"라고 말하면
주위 사람들의 보이지 않는 압력, "여자는 시집만 잘 가면 돼."

그때 우리 아버지 "여자도 노력하면 얼마든지 훌륭한 사람이 될 수 있다!"
말씀하셔서, 나는 훌륭한 사람이 되기로 했다.
훌륭한 사람이 무엇인지도 모르고.

50년 세월은 참으로 많은 것을 변화시켜
대도시 시내 거리에 짐 나르는 소달구지와 흙길 위의 소똥이 없어지고
빌딩과 아파트 숲이 들어선 것만이 아니라, 정신적 가치에도 많은 변화.

이제 한국 사회는 아들딸 구분하지 않고 평등하게 키우니
지금 시대에는 너무나 당연하게 들리는 아버지의 양육 철학,
50년 전에는 주위에서 느껴보기 어려웠던 앞서 간 양육 태도.

3·1 운동을 지켜본 아버지,
그 시대를 사셨어도
이렇게 앞서 가셨고

최소한 50년 뒤를 내다보셨던 자녀 교육.
여자이기 이전에 인간으로,
자아실현의 꿈과 용기를 심어주신 아버지.

50년을 내다보신 아버지의 자녀 교육.
생각만 앞서 가신 것이 아니라 실제로 앞서 사셨다.
50년을 앞서 살아가신 참 큰 어른, 아버지.

지금 나는 50년 뒤의 미래사회를 내다보며 살아가고 있는가?
그저 오늘만 바라보기에도 벅차하는 나.
그저 이 순간만 살아가기에도 허덕이는 나.

깨달았을 때가 가장 적절한 때, 이제라도 늦지 않았다.
'지난 50년의 거울을 안고, 다가올 50년을 준비하라!'
영정 사진 속 아버지께서 말씀하시는 듯.

내가 훌륭한 사람이 되기로 결심한 지
50년이 훌쩍 지났건만
나는 아직도 전혀 훌륭한 사람이 되지 못했다.

그리고 50년 전에
훌륭한 사람이 무엇인지도 몰랐던 것처럼
아직도 어떤 사람이 훌륭한 사람인지조차 선명하지 않다.

그래도 계속 나는 훌륭한 사람이 되기를 꿈꾼다.
"남자든 여자든 열심히 노력하면, 얼마든지 훌륭한 사람이 될 수 있다."
아버지께서 그렇게 분명히 말씀하셨기 때문이다.

'오마니 꿈'

아버지께서 말씀하셨다.
"한평생을 살아나가다 보니
이렇게 결정해야 할지, 저렇게 결정해야 할지, 무엇이 올바른 것인지,
아무리 생각해도 참으로 판단이 어렵고 힘든 때도 있었다.

어느 날 결정을 못 내리고 생각을 깊이 하다가, 나도 모르게 잠이 들었다.
그런데 꿈에 생전 처음으로, 이북에서 생이별한 오마니께서 나타나셨다.
'아직도 정신 못 차렸구나!' 대쪽 같은 목소리, 벼락같은 큰소리를 치시며
문턱의 양쪽 기로에 서 있던 나를, 어느 한 쪽으로 힘껏 밀으셨다.

두 쪽 중에 한쪽 방향으로 '쾅' 하며 넘어졌는데, 일어나 보니
넘어진 그 방향으로 오마니께서 다니시던 산정현교회 예배당이 보였다.
깜짝 놀라 깨어보니, 꿈이었다.
'아, 오마니께서 방향을 보여 주셨구나!'

6·25 사변에 생이별하고 처음이자 마지막으로 꿈에서 본 오마니 모습이었다.
그 뒤부터 세상 일로 마음이 어지럽고 힘들 때마다, '오마니 꿈'을 생각했다.
살아가면서 참으로 결정하기 어려운 일이 있을 때마다
하늘나라 오마니께서 기뻐하실 방향으로 결정하며, 한평생을 살아왔다."

과수원 집 다락에 남겨진 보물

"누님, 아버지 돌아가시고 나서 과수원 집 다락을 정리하다 보니
꼬깃꼬깃 접혀진 종이가 있어서, 무언가 하고 펼쳐 보았는데
아버지께서 쓰신 글씨가 있어서, 누님께 드리려고 보관해 두었습니다.
다음에 고향에 내려오시면 전해 드릴게요."

'아, 어떤 내용일까?' 떨리는 마음으로 고향에 가서, 효자 동생에게 받아본
30년 전 농약회사가 제작한 1983년도 달력 뒷장.
「1984년도 1월부터 경영방침」이라는 제목으로
아버지께서는 주판을 자로 삼아 삐뚤삐뚤 줄 그어가며, 한 장 채워 놓으셨다.

한눈에 놀란 것은 첫 줄의 제목과 내용
「1984년도 1월부터 경영방침」 그리고 「정직, 성실, 정의」.
오히려 「가훈」이라고 쓰여 있었다면 놀랍지 않았을 것이다.
이윤을 추구하는 경영의 첫 번째 목표가 정직이었다!

두 번째로 놀란 것은, 풍년작만 아니라 흉년작도 고려하고 대칭으로 작성.
목표를 세울 때는 항상 긍정적인 목표 중심으로 세우기 마련인데
흉년도 풍년과 동일하게 고려할 수 있었던 것은, 진인사대천명,
인간으로서 최선을 다하지만, 결과는 하늘에 모든 것을 맡기는 지혜.

세 번째로 놀란 것은, 흉년작일 때 봉급 기일 내 봉급 지급이 경영의 목표.
굳이 그것을 목표라고 명시해 놓을 필요 있으랴마는
태풍으로 감당 못할 빚을 져도 인부들 봉급은 제때 주려고 안간힘 써온 삶.
주인의 책임을 다하려는 마음에서 우러난, 농부의 소박한 목표.

네 번째로 놀란 것은, 풍년작일 때 사회를 위한 일을 하시겠다는 항목.
버려진 노인이나 어려운 사람들을 돕겠다는 정신, 그리고 장학금 지급.
아버지 살아계실 때 그 모든 실천이
이 목표와 연결된 활동이었구나. 「정직, 성실, 정의」

과수원 등잔불 아래, 1983년 12월을 보내며, 어느 겨울날 밤,
이러한 신년 계획을 아버지께서는 고요한 마음으로 세우셨구나.
아무리 농사를 열심히 짓는다고 태풍이나 가뭄을 막을 수는 없는 일.
수많았던 자연재해들, 고통의 경험은 고요한 성찰의 힘을 선물하였다!

아버지께서 돌아가신 뒤 아버지 사진들을 정리하면서
경로잔치 하는 사진에 '1973년'이라는 글씨,
장학금을 주는 사진에 '1978년'이라는 글씨를 소스라치며 재발견했다.
그런데 '1984년'의 경영목표라니.

나는 새로운 뜻을 품을 때, 계획을 세우고
그러나 진행하다 보면 여러 가지 이유로, 세운 계획의 일부만 실천하게 되고
그나마 시간이 한참 지나면 용두사미 되어, 그 일부마저도 흐지부지
결국 계획은 온데간데없어진다.

그리고 다시 계획을 세운다.
이렇게 계획 세우는 것을 반복하다가
새해를 맞이할 때, 또다시 대대적으로 계획을 세우고
결국 실천 다 못하는, 화려한 계획만 수십 년 공허하게 세워 왔다.

계획중독자처럼,
계획은 계획 자체를 위해 존재하는 것처럼,
그리고 내가 세웠던 계획들이 무엇인지도 다 기억 못하고,
또 허망한 새로운 계획.

그런데 아버지께서는
'1973년' '1978년'에도 이미 한참을 실천하시던 일,
'1984년'의 새해 목표로 계획하고 적어 놓으셨다!
나와 전혀 반대되는 방식.

과수원의 밤을 밝히며

여름방학이 되어, 80대 아버지께서 일하시는 과수원에 나갔다.
과수원 집, 방에는 큰 성경책과 그 위에 돋보기가 놓여 있었다.
내가 대학생 되어 아르바이트해서 난생처음 벌어 본 돈으로
명동성당에서 사다 드렸던 성경책.

"과수원에서 낮에는 일하고
밤에는 성경책을 읽으며
20년 동안 계속 밤에 조금씩 읽어
처음부터 끝까지 여러 번 읽었다!" 고 말씀하셨다.

온몸이 피곤하셨을 텐데
밤마다 처음부터 끝까지 여러 번을 읽으시다니,
나는 구절구절 몇 구절만 들여다보았을 뿐
처음부터 끝까지 읽어 볼 엄두도 못 내었는데.

낮에는 해가 떠서 질 때까지 허리 한 번 제대로 안 펴고 일하신 뒤에
밤에는 글자가 큰 초대형 성경책을 돋보기 대고 계속 읽으셨다니.
사과나무를 가꾸며 흙 묻은 아버지의 손길,
그리고 마음길이 스며들어 있는 성경책.

그 뒤 십여 년을 더 사시고, 아버지께서 하늘나라로 가셨다.
고향 집에서 아버지 유품을 정리하다 보니, 성경책이 가장 먼저 눈에 띄었다.
과수원에서 은퇴하시면서 집으로 갖고 오신 것이다.
바라보기만 해도 가슴이 뭉클했다.

떨리는 손으로 성경책을 펼쳐 보았다.
첫 장에 꼬깃꼬깃 접혀 있는 누렇게 빛바래어 끼어 있는 신문지.
"어, 이게 뭐지?"
아버지께서 아무 종이나 끼워놓지는 않았을 것이므로

궁금함으로 황급히 펼쳐본 신문지 조각,
우수연구상을 받은 내 기사가 실린 일간지.
1999년에 찾아뵐 때 갖다 드린 것을 한 번 보시고 버린 줄 알았는데
갖다 드렸던 사실조차 그동안 까맣게 잊어버리고 지냈는데.

아버지께서는 10년이 훨씬 넘도록
성경책 첫 장에 끼워두고, 성경책을 읽을 때마다 펼쳐 보셨구나.
아버지께서는 손톱이 거꾸로 패이도록 땅을 일구며
자식을 위해 기도하셨던 것.

부모님 삶에서 자녀가 공부 열심히 하는 것이 얼마나 큰 기쁨이었는지
그 기도의 힘으로 내가 여기까지 왔다는 것을 그제야 절감하며,
돌아가신 아버지 남기신 신문지 조각을 보고
내 삶의 온 무게를 담아 엉엉 울었다. 불러도 대답 없는 아버지!

징검다리 만드는 사람

부모님께서 만촌동에 있는 아파트에 사실 때였다.
고향에 내려가서,
아버지께서 늘 운동을 다니시는 뒷산에 함께 올라갔다.

맑은 개울물들이 졸졸졸 흐르는 곳이 있었다.
그리고 물은 없었지만
비가 오면 개울물들이 흘러갈 산길 여기저기 흙이 움푹움푹 패인 곳,

그리고 힘주어 뛰어 건너야 할,
움푹한 시멘트 방공호 있는 곳에
죽은 나무들을 가지런히 톱으로 썰어 굵은 철사로 묶어 놓은 징검다리!

첫 번째 징검다리는 무심히 건넜다.
그런데 두 번째 징검다리,
세 번째 징검다리, 네 번째 징검다리…

비슷한 솜씨로 만들어진 여러 징검다리들을 건너가면서
궁금한 생각이 들었다.
'누가 이렇게 만들었을까?'

아무리 보아도, 구청의 의뢰를 받은 전문업체가 제작한 것이 전혀 아니었다.
모양이 같은 것으로 보아,
한 사람이 어설프지만 공들여 만든 솜씨였다.

'우리 사회를 지탱하는
이름 없는 선량한 시민들…'
혼자 속으로 생각했다.

과수원을 은퇴하신, 90세를 바라보시는 아버지께서 그때 말씀하셨다.
"몇 년 동안 이 징검다리들을 만들어 왔다.
사람들이 안전하게 건너가도록!"

그때 나는 「징검다리」란 단어를,
활자로서의 글자가 아니라
감동이 스며든 의미로 배우게 되었다.

맑은 소리, 쉬임없는 에너지

아버지께서는 인식이 확장된 분이셨다.
자기라는 벽에만 갇혀 있었다기보다
어려운 이웃으로 열려 연결되어 있었다.

아버지께서 돌아가시고 나서 울부짖었다.
오열이란 것이 어떤 것인지를 알게 되었다.
나와 아버지 사이에, 이승과 저승이라는 넘지 못할 벽이 세워져 있었기에.

그러나 아버지께서 돌아가신 일이 절망만은 아님을 조금씩 깨달아갔다.
이제 아버지는 최후의 벽, 아버지의 몸에서 자유로워지신 것이다.
몸에 더 이상 갇히지 않고, 넓은 우주의 기운과 혼연일체가 되신 것이다.

아버지께서는 공기 좋은 산의 맑은 새소리이기도 하고
아버지께서는 공부하게 하는 쉬임없는 에너지이기도 하며
아버지께서는 어느새 내 마음속에 거울이 되셨다!

세 기준에서

녹음이 푸르른 여름 연경산을
말없이 한참
같이 걷다가
아들이 말했다.

"엄마, 지금 할아버지 이야기책 쓰고 있잖아요?"
"응."
"할아버지 이야기를 어떻게 전할지, 오늘도 하루종일 생각하고 있잖아요?"
"그렇지."

"좋은 글이란,
가장 기본적으로, 읽었을 때 상대방이 이해가 되어야 한대요.
더 좋은 글이 되려면, 이해만 아니라 마음까지도 설득할 수 있어야 한대요.
더 훌륭한 글이 되려면, 설득을 넘어, 감동으로 다가갈 수 있어야 한대요!

이해도 안 되는 글이 있고,
이해는 되지만 설득력이 없는 글이 있고,
이해도 되고 설득력도 있지만 아무런 감동이 없는 글이 있대요.
그러나 너무 감동에 집착하다 보면, 객관적으로 이해가 안 될 수도 있겠지요.

지금 엄마가 쓰시는 글이
이해도 되고,
설득력도 있고,
더 나아가서 진정한 마음의 감동이 있는지

이 세 기준에서
한 번
생각해 보시면
좋을 것 같아요!"

"..."

이 글만이 아니라, 그동안 내가 써 온 수많은 글들
글만이 아니라, 그동안 내가 소통해온 수많은 말들
그동안 수많은 사람들에게 기억할 수 없을 정도로 셀 수 없이 해 온 말들
그것을 하나의 그릇에 주워담아, 한눈에 검토해 보는 계기가 되었다.

지혜로운 삶이 담겨 있던 아버지의 진솔한 이야기는
저절로 감동의 경지에 이르렀고,
전혀 준비되지 않은 철부지 딸에게도
일생 동안 두고두고 뜨거운 감동을 선물하셨다!

삶이 가볍디가벼운 나의 이야기는
감동에 이르려고 발버둥쳐도,
감동은 없고 발버둥 소리만 요란하며
감동으로 깊이 다가가기에는 너무 부족하다.

이야기의 향기

아버지께서는 나에게
너무나 소중한 삶의 이야기들을 들려 주셨다.

남의 이야기를 전한 것이 아니라, 스스로 깨달은 것이라
아버지께서 이 세상을 떠나셨어도, 사라지지 않고 생명력이 있는 것일까?

자기 자신만을 위한 것이 아니라, 주위에 사랑을 나눈 것이라
저절로 고개가 숙여지는 것일까?

너무나 소박하고 진솔한 것이라
마음에 아름다운 감동으로 다가와, 영혼을 흔드는 힘이 있는 것일까?

일제 강점기 소학교밖에 못 나온 아버지의 이야기는
대학원까지 공부한 딸의 머리를 조아리게 하고

평범한 농부 아버지의 이야기는
어떤 위인전에 나오는 이야기보다, 생생한 감동으로 다가와

인생의 나침반이 되었다.
아버지께서는 이 세상을 떠나셨어도, 아버지의 이야기는 진한 향기가 되어!

나는
지금

어머니로서
내 아이들에게

스승으로서
내 제자들에게

내가 이 세상을 떠나도
잔잔히 그들의 마음속에 남을

어떤 이야기의 향기를
남기고 있는가!

선물이 된 유언 연습

아버지께서는 100년 가까이 사시며,
열 번 이상 죽을 고비를 넘기셨다.
그러한 죽을 뻔한 이야기들을
끊임없이 셀 수 없이 반복해 주셨다.

90대에 두 번의 뇌졸중으로 생사를 왔다 갔다 하셨지만
기적처럼 살아나셔서,
가족들의 사랑을 받으시며 5년을 행복하게 더 사셨다.
덤으로 사는 복된 삶.

하늘이 쉽게 데려가지 않으신 것은
90년 이상 선한 삶에 대한 보너스 축복 같았다.
의사들도 회복이 어렵다고 했으나
결국 아버지께서는 살아나셨고

마지막 임종인 줄 알았던 그때 병원에서,
헛소리처럼 외치던 아버지 말씀은
그 후로 5년을 더 살아 계셨어도
나의 삶에 유언처럼 깊게 자리 잡았다!

"열심히,
책임감을 갖고,
올바르게, 사랑으로,
세계로!"

죽음 앞에서 부르짖으시던 한 단어 한 단어는
아버지의 살점 같았다.
나는 그것을 안다.
아버지의 삶을, 진정한 실천을 보았기 때문이다.

시골에서 사과 농사를 지어온 평범한 농부가
병원 침대에서 "세계로!"를 무의식 중에 외치실 때
나는 자지러지게 놀랐다.
'아, 아버지 마음속에 세계를 향한 거대한 비전이 있으셨구나.'

그것이 바로, 우수하면서도 가정형편이 어려운 학생들에게 장학금을,
버려진 노인들에게 쌀과 연탄을 나누게 한 이상이요, 꿈의 바탕이었음을…
나는 아버지보다 더 많이 배우고, 비행기를 타고 세계 여러 곳을 다녔지만
아버지만큼 세계를 향한 진정한 비전을 품지 못했다.

책임감을 갖고,
올바르게,
사랑으로!

세상을 바꾸는 힘

2004년 2월.
아버지께서는 내가 책을 썼을 때, 참으로 더할 나위 없이 크게 기뻐하셨다.
갚을 길 없는 부모님 은혜를 생각하면서, 「한국인의 부모자녀관계」란 책을
아버지께서 살아 계시는 동안 절박하게 완성해서, 갖다 드릴 수 있었다.

그다음에 고향에 갔을 때, 아버지 탁자 위
내가 대학생 때 아르바이트로 생전 처음 돈이란 것을 벌어 선물했던 성경책,
부모님의 뼈 빠지는 뒷바라지로 가능했던 학위논문, 그리고
아버지께 갖다 드린 「한국인의 부모자녀관계」 책이 나란히 세워져 있었다.

그 책 앞에는, 과외 아르바이트로 명동성당에서 샀던,
수십 년 변하지 않는 형광색을 밤마다 내뿜는 십자가에 매달리신 예수님,
과수원의 고요한 밤, 흐린 불빛 아래 성경 읽을 때 쓰셨던 낡은 돋보기,
그리고 내가 어릴 때부터 보아온, 아버지께서 평생 쓰신 손때 묻은 주판.

이루 말할 수 없이 가슴이 뭉클해졌다.
아버지께서 세워 놓으신 「한국인의 부모자녀관계」.
그 책 앞에, 한 알 한 알 때 묻은 주판알 속에, 알알이 박힌 가장의 마음.
알을 얼마나 셀 수 없이 올리고 내리셨는지, 대나무 꿸대가 부러져 있었다!

2005년 8월.
뇌졸중으로 우리 집에서 몇 달간 투병생활을 하실 때,
많이 나아지셔서 휠체어를 타고 집 바깥 산책이 가능해졌다.
조심조심 휠체어를 끌며 천천히 걸어가고 있었다.

아버지께서 갑자기 말문을 여셨다. 매우 어눌했지만, 강력하고 명료했다.
"책은 참 중요하다." "예?"
책이 중요한 줄은 알지만,
뇌졸중으로 말씀만이 아니라 대소변마저도 모든 것이 불편한 아버지께서

앞뒤 아무런 말씀도 없이 갑자기 하신 말씀,
전후 맥락이 도저히 이해되지 않아, 깜짝 놀라 다시 질문할 수밖에.
"지금 뭐라고 말씀하셨어요?"
"책은 참 중요하다." "예?"

"책.은.
한. 사.회.를. 일.으.켜. 세.우.는. 힘.이.고,
책.은.
세.상.을. 바.꾸.는. 힘.이.다!"

갑자기 큰 망치로 뒤통수를 세게 얻어맞은 기분.
교수나 문필가나 정치가나 사회적으로 유명한 사람이 하는 강연이 아니라,
마지막까지 농부로 살아오신 아버지.
뇌졸중으로 생사를 왔다 갔다, 입을 떼어 말조차 하기 어려우신 아버지.

죽음과는 싸워 이겼지만 몸도 제대로 못 가누시면서
92세 투병 중에 휠체어에서 갑자기 하신 말씀. 확고한 신념이 배어든
그 소리에, 그 메시지에, 나는 갑자기 뇌졸중으로 언어중추에 문제가 생긴 듯
한순간 모든 언어를 하얗게 잃어 버렸다. 내가 평생 사용해 온 모든 언어를!

그리고 나를 잃어버리고
그리고 나서 나를 바라보게 되었다.
그리고 나서야 아버지를 다시 바라보았다.
「큰 바위 얼굴」 아버지.

나는
내가 책을 쓴 사실이 스스로 기쁘고
아버지 돌아가시기 전에 책을 갖다 드린 것이 이루 말할 수 없이 큰 다행이고
그런 정도에 생각이 머무는 소인배라면,

아버지께서는
한 사회를 일으켜 세우고
세상을 바꾸는 힘에 대해 고뇌하며
스스로 답을 찾아가신 어른.

아버지의 이 말씀은
후일 아버지께서 돌아가신 뒤에도, 돌아가시고 세월이 지날수록 더욱
여러 질문들에 대해 명확한 지표가 되었다.
그리고 뇌리에 박혀 내 삶을 움직이게 되었다.

어떤 책을 써야 할 것인가?
더 나아가서 어떤 삶을 살아야 할 것인가? 인생의 수많은 어려움 앞에서.
어떻게 결정하고 행동해야 할 것인가? 인생의 수많은 갈림길에서.
매 순간 무엇을 선택해야 할 것인가? 그렇게 함께 살아 계신 아버지.

이제,
아버지께서 딸에게 들려주신 이야기들
내 마음속 보석상자
소중하게 하나씩 끄집어내어 보지만,

이 책이
진실하게 완성되는 길.
나는 없어지고
아버지 말씀만 남아야 한다는 것을!